SOS之猿

〔日〕**伊坂幸太郎** 著

高佳欣 译

新经典文化股份有限公司
www.readinglife.com
出　品

SOS 之猿

1 我的故事

边见姐比我大整整一轮，是我孩提时代憧憬的异性之一。而如今我眼前的边见姐已经四十大几，抱怨着一些老套的话题："都说四十不惑，可其实满是疑惑"。不过，我也没有因此感到特别扫兴。

"四十不惑是孔子说自己吧。"我还是安慰她，"有人教过我，普通人要再加上这个年龄的一半，能六十不惑就不错了。"

"学校还教这种事？"她歪头问道，露出了双下巴。

"边见阿姨说的。"

"我妈？"

"前几天回老家，正好碰上边见阿姨，她来找我老妈聊家常。"两个年过花甲、满头银丝的女人坐在餐桌旁，边喝茶边说："不愧是小孔，四十岁就能不惑，厉害啊。我们到六十岁再不惑就行啦。"什么……小孔？她们还叫孟子"小孟"。

"确实像我老妈说的。"

"我琢磨这么说其实也没错。虽说古代二十岁就成人了。"

"现在不也是吗？"

"是倒是，可现在二十岁的人里，不工作的多得是，要他们独立，恐怕不太现实。"

"嗯，说得也是。"

"二十岁的孩子，还不懂怎么为将来打算。也许三十岁再成人更合适吧。"

"这么说，父母要一直把孩子养到三十岁吗？"

"我觉得没问题。人到了三十岁，才能沉着冷静地思考万物。"

"啊，那我就放心一点了。"边见姐说。一开始我不明白，为什么忽然说"放心"，但很快我推测和她的儿子有关。"二郎，你妈妈看起来还很年轻呢。"

"老妈自从过了六十、经历了老爸去世，就像放飞了自我，什么都看开了，过上了随心所欲的生活，就像孙悟空摘下了头上那个环一样。"

"哦，紧箍圈。"

"那个环叫紧箍圈吗？"

"对啊，就叫紧箍圈，你不知道吗？"她露出一抹微笑。

边见姐早已嫁为人妇、改作他姓，我到底该如何称呼她，这成了一个问题。单论年龄不再称得上"姐"，如果称"边见阿姨"，我大概永世不得翻身，喊夫姓又显得太见外，姑且只能照旧称她"边见姐"了。

在我上初中的时候，边见姐就结婚离开了故乡。那时的边见姐身材娇小苗条，拥有健康的小麦肤色，朝气蓬勃，明媚的眼眸里又漾着些许忧愁。正值青春期的我，觉得边见姐美得不可方物，把她视作梦中情人。

谁想二十二年后,我居然能和边见姐在家庭餐厅里相对而坐,而边见姐来找我,居然是为了她那成了蛰居族的儿子。

"大概半年前,真人还去做心理咨询,一个月两次。但有一天真人忽然说'这样下去也没什么意义',就再也不去了。"

我环视四周,庆幸这家餐厅里没什么顾客。

"怎么了?"边见姐察觉到我的异样。

"没什么,只是我不太习惯来家庭餐厅。"

"哎,为什么?"

家庭餐厅里总会聚集各种各样的人。因为座位都离得很近,加上没什么嘈杂的背景音乐,我经常能从前后左右各个方位听到别人完整清晰的对话。我对此不大习惯,可以说是害怕。

听到那些无助的悲鸣、求助的对话,或是令人哀叹的消息,我就放心不下。这并非同情。每当发现有人遇到困难,我都会不由自主地"要想办法帮他"。不,比之更甚,"不帮他就是我的错"。我总是被囚禁在这样的想法里无法自拔。同时,又有一股深深的无力感席卷而来,我什么都做不了,只能为自己的渺小与卑微懊恼。

所以,我不想走近那些能听见他人烦恼的场所。

就在这时,远处突然传来一个单调尖锐的声音,触动了我的神经。

我把视线移向窗外。

好近！窗外车道的对面，救护车正闪着红色信号灯驶来。"呜——哇——呜——哇——"的鸣笛声像是根据这个拟声词设计的。

附近的车辆好似犯错的孩子，都挤到车道两侧，为救护车腾出空间。行人们纷纷驻足，望向救护车。

救护车鸣着笛，努力在夹道的车辆中穿行。

我真想把两侧的车拨开，好给救护车让出一条大路。过了一会儿，救护车缩着身子，终于穿过车辆之间的缝隙，驶向远方。

"你看救护车看得真入神。"我听到了边见姐的声音。

"某个地方……"我一时语塞。

"某个地方？"

"我在想，某个地方是不是有某个人，正哭喊着'好痛啊，好痛啊'。"

"嗯？"

"好像是我幼儿园的时候吧，老妈这么对我说过。"

不知为何，那时的情景以鲜明的轮廓在我的脑海里回放。时值盛夏，蝉鸣在耳边回荡，脚下的路好像要渗出油来。我和母亲手牵手走在路上，好像是要去车站。

忽然，一辆救护车从旁边的车道上驶过。鸣笛惨厉的叫声让气温又升高了几度。幼小的我烦躁不堪地问："救护车要去哪里啊？"

母亲立即回答了我："此时此刻，某个地方，某个人，正在哭喊着'好痛啊，好痛啊'。所以，救护车要赶去救这个人。"

一听母亲的回答，我立刻蹲了下来，想象某个人正捂着肚子或抱着脑袋哭泣，不由得感到悲伤。不过想来，母亲那时候还能说出那么细腻的话。现在呢，她已经把加餐和闲谈当作人生信仰，可以爽朗地笑着说"如果不吃甜食,长命百岁又有什么意思"。人的成长真是不可思议。

"某个地方的某个人正在哭泣。确实是这样呢。"边见姐眺望着窗外,那神色仿佛要说"我就在哭泣呢","不过,能找到二郎来商量这件事,真是太好了。"

"等等,到底要商量什么?"我发现自己正一点一点卷进边见姐的烦恼旋涡里,惊恐万分。我总是这样,一不留神就陷入别人的烦恼中。

二郎总能吸引有困难的人——我在意大利留学的时候,邻居洛伦佐就这么评价我。我只好说"因为我做不到视而不见"。我承认这一点,也对洛伦佐说过自己不习惯人多的餐厅。他听后高兴地眯起双眼,摇着脑袋说"是吧是吧,二郎就是这样的人"。

我端正坐姿,以一副决斗的架势看向边见姐。

事情要从一周前我接到的一通电话说起。

"二郎,好久不见呀。"二十二年没有联系,为什么边见姐还能用如此熟络的语气打电话给我?边见姐不顾我的疑惑,继续说道:"我想和你商量一件事。我从你妈妈那里听到了有关你的消息。"

"是想买家电吗?"我在车站前的家电量贩店工作,就认定边见姐是想问这方面的信息,想优惠点买一台大彩电,或是入手老型号的空调之类。

"家电？不是啦，才不是呢。我想和你商量的不是家电。"边见姐似乎有些犹豫，停顿了半晌终于说，"是蛰居族。"

"就是孩子待在家里不出门的蛰居族？"

"还有哪个蛰居族？"边见姐轻轻笑了一声，声音却有气无力，"我家的真人，变成蛰居族了。"

我一时半会儿不知道该怎么回复才好。"已经多久了？"

"大概两年了。高中毕业，刚去职业学校没两天就……"

"这可不得了啊。"我选择了一个不痛不痒的回答。如果再这样认真听下去，恐怕我就会掉进边见姐的烦恼泥沼里。我低下头，拼命盯着残留在地毯上的零食碎屑，心想这里可要好好打扫才行。

"我快受不了了，不知道自己到底该怎么办。"

"这可不得了啊。"我像机器人似的重复。

"前几天回老家，正好碰上你妈妈。"

"老妈和边见阿姨好像总是在一起呢。我回家的时候，也看见边见阿姨了。"

"不如住到一起算了。"

"干脆组成漫才搭档出道吧，组合就叫'孔子孟子'什么的。"

边见姐没有笑，话筒那边沉默着。真是太尴尬了，好想立刻挂掉电话。

过了片刻，她终于开口："二郎，帮帮我吧。"她的声音阴郁，充满了疲倦。

我拿着手机，脑海中想象着，二十多岁活泼美丽的边见姐跪倒在地面，微微叹息，不知所措。

所以现在，我和她面对面坐在了家庭餐厅。我心生悔意：要是当初在电话里拒绝掉就好了。

"话说回来，你竟然在做这样的工作，我真是大吃一惊呢。"边见姐抿了一口玻璃杯里的水。

我谨慎地回答她："那个……我老妈和你都说了些什么？"

"上门服务的心理咨询师，不是吗？阿姨说，你会去蛰居族的家里，听他们说话，为他们治疗。"

"我只是一个家电量贩店店员，来买空调的人才是我的顾客。因为无法忍受炎热夏夜，推开了家电量贩店大门的，才是我要服务的人。而且，我也不上门。"

"可是，阿姨说……"

"老妈说的可能是……"到底要说几成实话，为此我又苦恼起来，"她说的不是我的工作。"虽然这么说，我也找不到更好的词来描述。老妈说的，既不是我的工作，也不是我的兴趣，更不是我的义务。我只好模棱两可地说："是我的副业。"

我想起了洛伦佐的话——你要把这里学到的东西带回去，拯救更多人哦。

"心理咨询师是副业？"

"我不是医生，也不算是咨询师。总之，我不懂怎么治疗蛰居族。"

边见姐的表情渐渐僵硬，蒙上了一层憔悴的阴影。我吓了一跳，仿佛看到她的身体逐渐脱水，手脚皲裂，最后分崩离析。

"那……二郎的副业具体是做什么呢？"

"具体做什么吗？"我思索着该如何回答。如果我全盘托出，边见姐说不定会感到惊讶、警惕，甚至蔑视我。因为迄今为止，知道这件事的人大都如此,就连委托我"工作"的人也一样。咒骂我"疑神疑鬼的话还是留着糊弄自己吧"的,也大有人在。

但是,唯独今天,让边见姐惊讶、警惕、蔑视我,对我而言反而是件好事。希望她能尽早明白,我无法成为解救她的那道明光。

"你看过电影《驱魔人》吗?"

边见姐被我突然抛出的问题问得摸不着头脑。"《驱魔人》?是不是那个女孩被恶魔附身的故事?她家里的东西还会飞来飞去什么的……"

我想她是混淆了《驱魔人》和《鬼驱人》的剧情。

"那部电影里,少女和神父展开了一场殊死较量。卡拉斯神父,还有另外一个神父。"

"有吗?"边见姐看起来不像是开玩笑,大概是真的忘了。

我不禁笑道:"边见姐,你这样就好像看了《哥斯拉》却不记得里面有大怪兽。"

"真的有神父吗?我记得那部电影里有一大群蝗虫来侵袭,大家拿着东西来回驱赶,不是吗?"

"你为什么会记得第二部的剧情?"

"那又怎么了?都是电影嘛。"

"嗯,不过,驱魔这回事是真的,现实生活中的确有驱魔师。"

"那不过是古老的仪式吧。"

"在意大利,正式的驱魔师约有三百五十人。他们是得到天主教承认的。"

"这是哪个时代的故事?"

"现在。"

"哦？"

"眼下的二十一世纪，意大利每年有数千人寻求驱魔师的帮助。虽说如此，二十多年前，意大利还只有大概二十个驱魔师，现在数量可翻了几倍呢。"

边见姐只能在对面干眨眼。

在电影里，男主角卡拉斯神父也说过："如果对驱魔感兴趣，最好还是回到十六世纪。"也就是说，电影里那个时代的人们比现在的人们更不相信驱魔。

边见姐沉默良久。如我所愿，我这番话的超自然色彩让她警惕起来。要不然她就是在打量我是不是患了妄想症。

我继续解释道："简单来说，驱魔师的工作就是与被恶魔附身的人见面，然后驱除恶魔。"

"真的有恶魔吗？"

如果我说有，边见姐对我抱有的希望可能会破灭，正合我意。可我又不免沉思，对于这个问题，我自己也持怀疑态度。

"我去拿杯饮料。"边见姐起身离席。

驱魔师的故事一定让她很困惑。等她一回来，我就向她坦白"我的副业就是驱魔"。

在意大利时，虽然没有官方认定，我也做过实习驱魔师。回到日本后也受过委托，我和被附身的人见面，效仿一些驱魔仪式——我要这样告诉边见姐，好让她对我彻底死心，就大功告成了。

边见姐斟好一杯乌龙茶回来,我刚想说"我的副业就是驱魔",边见姐率先开了口:"二郎,你其实在做驱魔师吧。"

这种感觉就好像,我刚要使出一个必杀技过肩摔,却意外地被对方先下手,绊了个狗啃泥。"呃,对,是的。"

"这倒也可以说是上门服务的心理咨询师呢。"

出乎我的意料,边见姐没有表现出一丝退却。我有种不好的预感。

"听上去是不是很奇怪?"这样试探着反问,也不会有什么效果,"不过,电影里卡拉斯神父也被人当作心理咨询师。"

"但是,你不是神父吧?说起来,你甚至不是天主教教徒吧?"

"对。我是地下作坊,只是照葫芦画瓢,学到些皮毛罢了。"

"意大利还有这种职业学校?哎,二郎,你去意大利不是为了学画画吗?"

"我在那里认识了一位神父,正好他在做驱魔的工作。"我面露难色。

有一天洛伦佐忽闪着眼睛告诉我,他爸是个神父,会驱魔,问我有没有兴趣。

"可是日本也有被恶魔附身的人吗?我还以为恶魔只存在于西方宗教里。"

"边见姐说得对。要说在日本,还是狐妖更多。"日本人更熟悉狐狸附身的故事。"不过狐狸也好，恶魔也罢，说不定是一回事。"

"一回事？"

"恶魔和狐狸都会寄居在人类身上作恶。被附身的人，言行会变得不可理喻。'鬼迷心窍'说的就是这个。其实，我见过好几个疑似被恶魔附身的人。"我想起那个对我破口大骂的少女，那个发疯般挥舞四肢的青年。"被恶魔附身的人身上会发生奇怪的事，比如声音像是换了个人啦，讲一些本人不可能知道的事情啦，忽然力大如牛啦，害怕十字架啦，易怒啦，等等。"

"那真是因为恶魔附身吗？很多没有被恶魔附身的人身上也会发生这种事。"边见姐说完，还在低声嘀咕。我仔细辨别，她好像在说"我儿子真人就是这样"。

"我们确实无法断定他们是不是真的被恶魔附身了。"

我又想起在意大利时，和洛伦佐的一段对话。洛伦佐放下咖啡杯，一只手撑住下巴，他那修长的脸上布满了邋遢的络腮胡子。用他自己的话形容——这姿势罪孽深重，能让女性为之疯狂。总之，他摆出这个姿势说："有个神父每周驱魔五次，坚持了十三年，驱魔次数非常多了。但是你猜，至今为止，他觉得真正被恶魔附身的人有几个？"

"十三年吗？猜不到。"

"十个人。真正被恶魔附身的只有区区十个人。"

"天哪。"我万分惊诧。

"是吧，真正被恶魔附身的人其实很少。"

恰恰相反，让我惊诧的是，十三年来居然真的有十个人被恶魔附身。"总而言之，"我接着对边见姐说，"我只是个家电量贩店店员，除此之外，也做类似驱魔的事。可我压根儿不了解什么蛰居族、上门心理咨询师，所以……"我想告诉她，我一点忙都帮不上。

"你为什么要驱魔呢？做这个不挣钱吧。为什么偏要做这个呢？"

我险些说出心里话——因为我想普度众生。每当听到有人发出悲伤的嘶吼，看到有人伸出求救的双手，我都情不自禁地觉得自己必须做点什么。我就是这种人。

洛伦佐看穿了我，他让我"用驱魔拯救苍生"，他的话才是恶魔在我耳边的低语和诱惑。

我经常想起看过的一册绘本，里面有这样一个场景：一艘快要沉海的船发出 SOS 求救，一架小小的直升机收到了信号，威风凛凛地说："马上前去援救。"直升机从天空俯冲向大海的雄姿使我羡慕不已。无论是救援的能力、救援的信心，还是救援的情形，都令我羡慕。因为我自己做不到。

"我之所以联系你，是因为听说你在做上门心理咨询，我想起了一些事。"

边见姐讲起了往事，那些我初中时代鸡毛蒜皮的小事。

初中时，我有个拒绝上学的同年级同学，好像姓山田。我不清楚他拒绝上学的理由，只记得从第二学期开始，他一天也没来过学校。班主任家访了好几次，山田也没有好转的迹象。班主任本就是个信奉"多一事不如少一事"的男人,没有什么教育的使命感和激情,他的家访也不会有什么效果。就这样,山田一直没来学校。

我和他产生联系,仅仅是因为我上学会经过他家。

有一次我路过他家时,听到他家里传来很响的声音,不由得停下了脚步。这就是我悲剧的开始。

山田的妈妈刚好出门,我不小心和她四目相对,只好开口问:"还好吧?"没料到她忽然开始哇哇大哭。这样一来我更走不开了,只好说了声"我是山田的同学",架着她走回山田家。

走到玄关,山田的妈妈瘫倒在地,在一旁的我连声问她有没有事。这时,我听到一阵慌乱下楼的脚步声,山田同学登场了。

只见他身形单薄,面色苍白。

发现我也在场,山田喊了我的名字:"远藤,你怎么在这里?"

这家伙多半是吵架的时候对他妈妈动了手。可他妈妈抽泣的样子也不免有些演戏的成分。真是没完没了。

要问我为什么在这里,说实话我也不知道。只是当时我不得不撒谎说"我是来看你的"。我提起了班主任。"老师觉得我家在这附近,就让我来看看你。"

山田露出了复杂的表情。有些不耐烦,也藏着些开心。可能他也盼望有人能来看看他吧。

"你看,不去学校怎么行。"山田的妈妈插嘴道,"你的朋友都特意来劝你了吧。"说教的语气让我怀疑她刚才是不是真的哭了。

"走开!别管我!"山田在玄关大喊大叫,与其说是说给我听,更像是说给他崩溃的妈妈听,"去学校有什么意义?一直待在家有什么错?我又没有招惹谁。上学又不一定能幸福,也有不去学校但很了不起的人啊。"

"对对，比如爱迪生。"我想起读过的名人传记，还傻傻地加了一句，"卑弥呼估计也没上过学。"

山田猛地向墙壁砸了一拳。咚的一声，整个房子似乎都在震动，走廊好像被他这一拳打得变了形，仔细一看才发现只是墙上挂着的小幅油画歪了。在学校里总是很老实的山田，原来还有这样一面。

我不由自主地盯着墙上的几处凹陷。山田则惊慌地把手藏到背后，好像这样就能掩盖他内心深处潜藏的暴力。

真是太麻烦了，好想快点回家，于是我说："那个，山田，我觉得你要是不想上学，不去也没什么大不了。虽说是义务教育，但这个义务不是孩子必须去上学的义务，而是家长送孩子去上学的义务。你的想法并没有错。"

山田的妈妈狠狠瞪向我，仿佛在说"难不成错的是我"。

我接着说："只是，你这样其实也不开心吧。"

"什么？"

"要是不去学校能让你更开心，我也就不说什么了。可你现在魂不守舍，脸色也不好。这就证明你其实过得一点也不好。我不觉得去学校就一定对，上学确实挺无聊。要是你不去上学，就努力让自己快乐地度过每一天吧。"

我也不晓得自己在说些什么，只是倾吐当时心里的想法而已，说完我就立马回家了。

"我是这么听说的啦。"不知什么时候，边见姐的杯子里换上了碳酸饮料，我一点都没注意到。

"等等，你怎么知道的？"边见姐为什么会知道我在山田家说的话。

"因为山田妈妈和我妈关系很好呀。"

"边见阿姨是不是和全世界的人都能扯上关系？"

"全世界就太夸张了。"边见姐笑起来的样子已经有了中年妇女的气息。

关于边见姐的美好青涩的年少回忆就这么破灭了，我感到很失落，以至于很想对她说"请把我的边见姐还给我"。

"我觉得你能有那样的想法，真的很棒。当时还和我妈讨论，以后你会变成什么样的大人呢。"

"哎，成不了什么厉害的大人。"

"你不是在画画吗？二郎以前就很擅长画画呢。"

"现在是很不像样吧？"

"哎？"

我无法解释。不惜跑去意大利学画，现在却做着毫不相关的空调销售工作。我也会落寞地问自己到底怎么了。

"刚才关于救护车那番话就很棒。你的感受真是丰富细腻，所以我觉得你是个值得信赖的人。对了，你知道我叔叔吗？"

叔叔？边见姐的叔叔？突然被这么一问，我找不到半点线索，更没心情翻他们的家谱。

"就是我爸爸的弟弟。他靠炒股为生，明明有很多钱，却小气得要命。吝啬、贪婪，守财奴一个！"

"边见姐的叔叔是守财奴？"

"之前是税务师。说是退休了，可还在找赚大钱的门路。他在信州有一栋别墅，在冲绳的度假酒店里也有一套房。"

"他一定知道很多偷税漏税的办法。"

"他那样子，绝对在外面当逃税顾问什么的，一看就知道。不过他很疼我和真人。多亏他，连真人都很了解股票。"

"哦，逃税顾问……"

"可是，那种人一点都不感性，所以都六十岁了还是单身。"

"就算六十岁还单身，只要他开心就没什么大不了的。"

"啊，你看看。"边见姐的脸色明亮起来。

"看什么？"

"你总能宽容地看待问题。我就想让真人和你这样的人见见面。"

"我只是个惹人讨厌、磨磨叽叽的人而已，而且多愁善感。"

"所以还是单身？"边见姐说道。

就好像明知道没礼貌，还硬要穿鞋走进别人家里一样。光芒四射的年轻边见姐绝不会说这种话。脑海中的另一个我激昂发声。

"我很天真的，你这么说我会很受伤。"

边见姐笑出了声，却仍然是那种有气无力的样子。"有时间来我家见见真人吧。"还没等我回答，边见姐就翻开记事本，写下住址和电话号码递给我，"或许……真人也被恶魔附身了。真人去心理咨询室的时候，还能和我说说话，可是半年前开始，就一直宅在自己房间了。"

"恶魔……"我不知道说什么才好。既不能轻易地说真人或许是被附身了，也不能假笑着说真人才不会被附身呢。我的脑海里浮现出《修女乔安娜》这部小说。

十七世纪初，法国一个叫卢丹的地方发生了修女被恶魔附身的事件。《修女乔安娜》就改编自这一真实事件。从事驱魔之后,我才读了这部小说,印象最深的是一位前去驱魔的神父的独白。神父思索着说:"如果她没有被恶魔附身呢?这才是最恐怖的地方。"

我只觉得被恶魔附身很恐怖,但神父却认为她做了这么多恐怖的事,如果没有被恶魔附身才更可怕。

顺着神父的话一想,我起了一身鸡皮疙瘩。

确实,如果因为恶魔附身做出种种蠢事,那还有救,因为我们知道他们发疯的原因。

儿子之所以宅在家里是因为"恶魔附身"——只有做出这样的判断,边见姐才能感到一丝轻松。才不是"母亲教育问题""孩子性格问题"或是"亲情问题",要怪就怪"该死的恶魔"。

边见姐的手机忽然响起单调乏味的铃声,她急忙拿起手机离席。回来后,边见姐道歉说必须要回去工作了,递给我结账需要的现金,走出了店门。

虽然边见姐走得很急,离开的时候还是认真地对我说:"我真诚地恳求你,一定要来看看真人。那孩子可能正流着泪说'好痛好痛'呢。"

能不能不要这么讲?我对这种话真的没有抵抗力。留在家庭餐厅的我只想叹气。

没过多久,我起身准备离开。刚走到收银台前,提醒店员结账的呼叫铃就自动响起，可店员许久没有现身。我没什么事，所以并不着急，呆呆地站在原地，只在为到底该怎么回应边见姐而苦恼。

我环视家庭餐厅。工作日的下午，并没有携家带口来就餐的顾客，只有一个凝视笔记本电脑的西装男，两个手舞足蹈聊天的女人。店门附近面对面坐着一对男女。

女人看上去有四十多岁，男人只有二十多岁。他们看起来不像母子，也绝不像一对不顾年龄差距走到一起的恋人。女人瑟缩着肩膀，显然是在害怕。

男人穿着一件惹人注目的鲤鱼图案衬衫，头发过肩，长相虽然帅气，可看起来不像光明正大的人，隐约可以听见他嘴里吐出"喂""老太婆"之类的字眼。

我反应过来，这个女人可能遭到了勒索。心跳疯狂加速。下午三点刚过，一间家庭餐厅里，一个头发花白的女人正被一个年轻男人恶狠狠地瞪着。这幕场景刺在我的心头。

为什么我总是留意这些事情呢？

内心深处，我不断告诫自己：不要多管闲事！

我总是担心别人，这让自己受尽折磨。虽然讨厌这样，但也确实习惯了。毕竟已经和这种性格磨合多年，未来无疑也要一起生存，所以只能跟它和解，凑合忍耐下去。

明明可以假装没看见，我还是离开收银台，向那对男女所在的餐桌走去。

"佐藤小姐？"我信口胡诌了一个姓氏。

原本低着头的女人猛然抬头，男人扬起眉毛看向我，表情充满攻击性。我马上后悔了："哎呀，对不起，我认错人了。"我努力让自己的道歉看起来天衣无缝，继续问道，"你是齐藤小姐吧？你怎么了，为什么一直低着头，身体不舒服吗？"我简直就是典型的多管闲事。

年轻男人瞪着我，不客气地说："关你什么事？"

女人的脸在震颤，她望着我却什么都不说。

"我只是在拜托她快点还钱而已。"

"还钱？"我嘀咕道。头发花白的女人迅速低下头，没有否认。看来男人说的是真的。"您在做放贷之类的工作吗？"

"对啊，不行吗？"年轻男人气势汹汹。

我连忙摇头。这个人恐怕是放非法高利贷的，我完全可以回答他"就是不行"。看着这个一筹莫展的女人，我同时思考着两件事：第一，无论如何我都想帮她摆脱困境；第二，凭一己之力我什么也帮不了，不如趁早放弃。

"喂，听好了。"年轻人鼓起鼻孔，得意扬扬地提高音量，"这个老太婆是杀人犯。不知道吧，她可不是一般人。"

"啊？"我的视线移向被他指着鼻子的女人。印象中的杀人犯可了不得，都拿着刀枪滥杀无辜，和眼前这个身材瘦小、疲惫萎靡、弱不禁风的女人相比，差了十万八千里。

也许，人不可貌相？

"她开车把人撞死啦。有阵子了吧，半年还是一年前来着？就是她，把一个大叔给杀啦。"

女人露出苦恼的神色，眼睛通红，身体发抖。

"喂，说话啊，是不是把人家给撞死啦？我就纳闷，撞死人居然没有判刑？这个杀人犯还能不知廉耻地在外面乱逛，缓期执行的判决也太便宜你了。是刚下的判决吧？我看还是重新判一下比较好吧！"

我又看了女人一眼。她表情阴沉，脸上乌云密布，不见一丝所谓的不知廉耻。即使没被判刑，她背负的罪恶感已经快要将她摧毁。

女人的嘴巴一张一合，活像年轻人衬衫上的鲤鱼，想要说话却一句也说不出口。

"撞死了人，被炒了鱿鱼，没钱过活，来找我们借钱。现在才来说还不上，这不行吧？喂，大叔，是吧？"故意让她难堪，年轻人大概感觉很爽，"所以说啊……"

"什么？"

"我是好心教育这个老太婆。欠债还钱，天经地义。我又不是老师，还得教这个。"

"你没有教师资格证吧？"

"我只是在替别人教育她而已。"

"替谁？"

"被她撞死的大叔啊。"

年轻人故意强调"撞死"两个字，女人哀戚地蜷缩成一团。

虽然是交通事故，可这个女人到底夺走了一条人命，又因此没了工作，为债务所苦。可能她的生活本就不太宽裕。

自作自受——如果能这样草草做出判断，我就可以获得解放。

女人满脸沮丧，喃喃自语："都是我不好。"

"喂，听到了吗？她自己都承认啦。不过话说回来，大叔你是怎么回事？干吗来跟我们搭话？你算老几？"

"我算老几？"我转身看到店员已经回到了收银台，"我算是……"

顾客吧。"

"哪儿凉快哪儿待着去!"年轻人的手指关节咯咯作响。

中年女人没有直视我,唯唯诺诺地点点头,像在暗示我别再管了。

这不是你的错,全是恶魔的错。要怪就怪恶魔吧。

我多想这么告诉她。

收到 SOS 的我,又一次什么忙都没帮上,只能悻悻离开。

所以,我讨厌家庭餐厅。

猴子的故事

接下来我要讲的，是一个因果关系的故事。

想我堂堂孙行者，曾因大闹天宫被压在五指山下。没有前因，就没有后果。无风不起浪，说的就是这个理。要解释这因果关系，就要讲到一个名叫五十岚真的男人。五十岚真的工作正巧就是"调查事情的起因"。

五十岚真独自吃着午饭。咱们的故事就从这里开始。这天，办公室十二点的铃声刚刚响起，五十岚真就起身前往附近一家名叫"釜屋"的锅饭地下餐厅，点了一份午市套餐。这时的五十岚真已有四十岁。

五十岚真已经到了孔子所说的不惑之年，但跟年龄也没什么关系，他本来就是个不惑之人。他总能理性、客观地看待问题，选择最优解并且高效行动。这些特点在他四十岁之后没有丝毫改变。

两个月前，五十岚真刚过了生日。三十岁的时候，他和一个晚于他进入公司的女人结婚，不到两年就离了婚。当然，离婚时五十岚真内心毫无波澜。他的前妻正是受不了他这种严肃呆板、只会理性思考的性格，才提出离婚。

这个人严肃呆板到什么程度呢？举个例子。有一次妻子的娘家寄来很多蔬菜，五十岚真认为家里没有可以存放蔬菜的地方，而且那个季节的蔬菜特别容易打蔫，与其放坏，不如趁早全部扔掉。

妻子提议分给邻居，可五十岚真还是不肯点头。"邻居总是很晚才回来，而且每次都提着便利店的购物袋，恐怕不会开火做饭。这样做只会给人家添麻烦。"

"可是这些菜还可以吃，我可舍不得扔掉，太浪费了。"

"我觉得为蔬菜伤感没有任何意义。蔬菜没有感情。不管是被吃进肚子消化掉最后化作粪便，还是被直接扔掉，对蔬菜来说，没有任何不同。"

"你不觉得情感比效率更重要吗？"

咱们的五十岚真是怎么回答的呢？他当然会说"我不这样认为"。他一向行事认真，绝不敷衍了事，更不逢场作戏。"人际关系给社会和经济造成恶劣影响的例子可不少。"他甚至会说，"资本主义的优势就很容易被伦理和人际关系妨碍。"

"什么意思？"

"市场本可以通过利益、需求和供给的平衡完美运转，却因为混杂了太多同情和偏袒而失效。"

妻子无法理解他把资本主义和蔬菜混为一谈的思维模式，最终决定离婚。自那以后，五十岚真就开始了独居生活。

正如诸位所见，五十岚真虽然头发稀疏、神情淡漠，但看上去比实际年龄年轻。可能因为他总是姿势端正、腰板挺直。

　　接下来，咱们说回锅饭餐厅吃午饭这一幕。这个故事的镜头随时可以转换，现在就能把场景从离婚前拉回到锅饭餐厅。五十岚真坐在吧台，座位对面的墙上挂着一台电视，正在播放午间新闻。

　　那是前些天发生的一起案件。一个十多岁的少年在家举起锤子杀害了母亲，又把邻家的少女砸成重伤。节目里很多人竞相发言，交织着各种各样的信息。"据说这孩子从高中一年级开始就拒绝上学，晚上还会发出怪叫。""据说孩子妈妈管教严格，平时不许孩子看电视或看漫画，孩子小学时就给他看《广辞苑》，说什么'这就是漫画书哦'。""据说孩子爸爸下班之后就待在自己的房间，只顾玩什么斗蟋蟀。据说是让蟋蟀打架，一千二百年前从中国传过来的。"

　　真是一场"据说"的风暴。每当有凶残的案件发生，媒体就会拼命探究原因。如果发生了更加极端的暴力案件，他们甚至会把犯人的生平、兴趣、人际关系、案件发生前的奇怪言行全部搜集起来，像脱轨的列车一样执着，完全刹不住闸。

　　再怎么追查动机和导火索，也没办法挽回已经发生的案件结果，但完全置之不理也不行。"罪犯的心理阴暗面"这种说法也颇为滑稽，"阴暗面"说到底只是个隐喻，"探访阴暗面"仿佛是一场深入黑暗溶洞的探险，只为了满足人们隐隐作祟的好奇心。

要问看新闻的五十岚真有何想法，以上便是。

当然，有人相信"找出原因就可以防止类似案件再次发生"。但五十岚真清楚，普通人对犯罪原因另有所图。

人们会拿罪犯特殊的一面跟自己比对。"我家对孩子管教不那么严格，所以不会发生这种事。""太好了，我老公从来不斗蟋蟀。""我没给孩子看过恐怖电影。"人们把自己排除在犯罪原因之外，以获得心安。大家图的不就是这个吗？

犯罪的原因越离奇古怪，越得人心。如果犯罪条件奇特，自己命中的概率就会大大降低。

人们最喜欢的调查结果大概是这样的：犯人之所以变得这么恐怖，是因为饲养了一种叫巴布亚深山锹形虫的昆虫。这种昆虫的触角能诱使人作恶。这样一来就简单多了，只要不养巴布亚深山锹形虫就没事了。

大家都在期待这样的调查结果。

人们总爱问："该怎么办？怎么做才能太平？"说明书和指南才应运而生。

不知不觉，电视里已经报道起别的新闻。

就是那起公寓囚禁母子案。

什么？没听说过？不会吧！

一名中年男子在公寓里圈养了一对母子。对，他们套着项圈和锁链，所以说是圈养也不为过。

怎么会在大家眼皮底下发生这种恐怖案件？

先别管那么多，总之要记住——有个男人剥夺了一对母子的自由。

这才是开启所有真相的钥匙。

"程序出现漏洞的原因大致有两种。"午休结束,五十岚真从锅饭餐厅回到公司会议室,对坐在桌子对面的程序员说。

"我说,快点说完行吗?"女程序员毫不掩饰不耐烦,看了几次手表,歪歪扭扭地靠在椅子上。

这里是东京都内一座三十五层高的办公大厦的第十层,说好听点这里环境干净整洁,其实更像无菌医院,死气沉沉。

会议室里摆放着几张桌子和可移动式隔板,可以同时进行多场会议。

女程序员只想快点回到自己的电脑屏幕前,毕竟负责的单元测试就要截止了。工作日加班到深夜,周末无休,都没有时间和男朋友打电话,连自己的形象也顾不上,很久没去理发,每天的妆容也马马虎虎。

"原因大致有两种。一种是粗心大意,一种是先入为主。"五十岚真淡淡地说道。他戴着眼镜,颇具严谨认真的学者风范。

为什么非要挑这种忙碌的时候,慢悠悠地跟自己讲导致程序漏洞的两种原因?女程序员无论如何也无法理解。她觉得自己像是一台机器人,只能"哦"了一声,随声应付。

"粗心大意,就是因为马虎犯错。比如把该输入'1'的地方输成'2',看反不等号的方向等。再举个简单的例子,把'佐藤'喊成'齐藤',也是粗心大意。"

"就算是粗心大意,被人喊错姓氏还是挺伤心的吧。"女程序员兴味索然地附和,"你不这么觉得吗?污稀烂先生。"

"我姓五十岚。"

"啊,一不小心说错了。"

对于这种挖苦,五十岚真似乎毫不在乎。截止日期让程序员忙得团团转,她自然不会对负责质量管理的五十岚真抱有好感,五十岚真不讲变通的个性也总是惹别人生气。过后她一定会跟同事炫耀:"所以啊,我就狠狠挖苦了他一番。"不过咱们的五十岚真认为,如果这样可以让对方满意,也不无益处。

"先入为主是负责人误把错认为对。还用刚才的例子,并非不小心把'佐藤'喊成'齐藤',而是一开始就以为她是'齐藤'。先入为主犯的错,跟粗心大意犯的错完全不同。"

"嗯,可能是吧。"女程序员又确认了一次时间,轻微地抖着腿,伸手去拿桌上的纸杯。她的腿越抖越厉害,整个身体都开始剧烈震颤,脸颊也抖动起来。脸上的皮肤如橡胶一般向四周延展,霎时间又缩回来,变成了另外一张脸——眼睛细长,皮肤光滑,嘴里还有一条来回翻腾的舌头。

看到这一幕,一向沉稳的五十岚真也不由得瞠目结舌。不过,女人的脸又剧烈抖动着,很快变了回来。

"可又能怎么办呢?粗心大意也好,先入为主也罢,我已经搞出这么个漏洞。说声'对不起',可以了吗?"

五十岚真晃了晃他那张冰冷的面具脸。"不找出错误的真正原因,就不能妥善处理问题。"

在咱们这个因果关系的故事里，五十岚真可是个贯穿始终的重要角色。因此，他必须把"问题的原因"挂在嘴边。当然，这就可怜了焦头烂额的女程序员，"漏洞出现的原因和处置方法"这样的长篇大论，不得不由她来做听众。

不过，她也只是按既定剧本走罢了。她是这个故事的听众，代表你们、替你们坐在那里听五十岚真演讲。这是她的角色设定。

"如果出错是因为负责人粗心大意，就有必要调查为什么没有人注意到这个粗心的地方。"

"可谁都有粗心大意的时候吧。"

"确实，大家都有粗心大意的时候，对此也没有有效的预防措施。所以我们应该坚持'粗心大意宽大处理，违反纪律严肃惩治'，只有这样，社会才能平稳运转。可现实中总有很多相反的例子。总之，要把粗心出错引起的损失控制在最小范围内，同时必须详查粗心大意的原因。"

"粗心大意的原因不就是粗心大意吗？"

"不能如此断言。人犯马虎很可能是受到环境的影响，比如睡眠不足。"

女程序员扑哧一笑："如果这也可以当作借口，全世界的程序员就什么都不怕了。"

"睡眠不足是诱发出错的重要因素。有调查显示，NASA航天飞机坠毁的主要原因之一就是负责发射的相关人员睡眠不足。这和酒精一样，会导致大脑皮层的功能退化。也就是说，熬夜工作等于醉酒工作。"

"那你去和客户讲讲，让他们多给我们点睡眠时间呗。"

"这也不失为一种正确的处理方式。"五十岚真冷静地说，"接下来还需要查清楚，为什么这个粗心大意造成的程序漏洞，没有在测试阶段发现。"

"测试？"

"谁都会粗心大意，但在测试阶段，漏洞理应被检测出来。如果是先入为主引起的失误，就要用不同的处理方式了。"

"先入为主也要有原因吗？"

"说回刚才的例子，有人错以为'佐藤'是'齐藤'。假设佐藤的衣服上绣着名字的注音'SATOU'，但衣服的线头脱落了，字样看起来变成了'齐藤'的注音'SAITOU'。如此一来，我们就会明白，线头脱落是先入为主的原因。"

"像后背号码那样把名字缝在衣服上，一定很引人注目。这个名字会让人印象更深吧，怎么会反而记不住。"

"我只是举个例子。"

"我知道。"

"除此以外，还需要调查先入为主的影响范围。是只有一个人把'佐藤'错认为'齐藤'，还是别人也有同样的误会。如果绣在衣服上的字是原因，那么其他人先入为主的可能性也很大，有必要抱持这样的怀疑。"

"你的意思是，要挨个确认：不好意思，请问你是否先入为主地把'佐藤'认成'齐藤'吗?"

"没错。这就是质量管理的工作内容。"五十岚真点了点头,"如果因为先入为主导致了程序漏洞,就需要调查所有受先入为主影响的人群,以及先入为主的具体内容。再举个例子,如果是因为设计说明的写法模糊导致先入为主,就必须找出所有相同写法的设计说明——调查。"

女程序员又开始抖腿。

果然,她的面容再一次发生变化,肌肤细腻得发光,表情也变得妩媚妖娆。忽然,从她的背部冒出一根巨大的针状物,像鞭子一样来回甩动,末端分成两叉。她如同一只蝎子,舌头翻滚着:"哎呀,真是麻烦你了,讲了这么多有用的知识。可你说了这么多,其实是在调查前一段时间公寓安保系统的漏洞吧?"

"是的,上个月十三日发生的故障。"

最近,很多大厦开始使用统一的系统来管理楼内的电梯、火灾报警器、自动喷水灭火器、监控探头等设备。五十岚真所在的公司就致力于开发这类系统。

"我已经把程序改好了。"女程序员摆动着毒尾巴。

五十岚真若无其事地看向自己手边的资料。"火灾报警器无故鸣叫。"

"我已经在报告里写过了,这种情况很少发生。"女程序员毫不

30

遮掩想要尽快结束对话的心情,"这只是罕见的个例。"

听着对方的回答,五十岚真不动声色。一旦追问程序漏洞的产生原因,系统工程师和程序员就爱回答"这只是罕见的个例",要不就是"我也没想过会发生这种事",大部分都不是谎话。

大多数重大系统故障,确实是由罕见的个例引发的。

"虽然这种情况很少发生,但还是发生了。明明不是防灾演习,火灾报警器却响了。"

"那是因为程序出错,打开了防灾演习模式。"

当然,程序不会出错。程序只会机械地运算和判断。出错的是编写程序的方法。

只要管理员按下"防灾演习"按钮,程序就会启动防灾演习模式。这时候火灾报警器会鸣响,电梯会暂停在最近的楼层,有时候自动喷水装置也会启动。

"也就是说,没有人按下防灾演习的按钮,但程序误判成了防灾演习模式。"

"可是……"

"我想知道这次程序做出误判的具体路径。"

"那是两年前做的系统。那时候我还年轻呢,还在跟前前男友交往。我可记不得那时候做的程序。"

"那你还记得你的前前男友吗?"

女程序员目不转睛地盯着五十岚真,好似在观察一种奇妙的生物。"喂,污稀烂先生,你是在跟我开玩笑吧?"

"首先,我不会开玩笑。其次,我姓五十岚。"

女程序员叹了口气,说:"我不记得了。刚才也说了,这是两年前做的程序。你还记得自己两年前的今天吃的早餐吗？"

"吐司、火腿、生菜、煮蛋或者煎蛋。"五十岚真脱口而出。离婚之后，五十岚真的早餐从没变过。

女程序员惊讶地张大了嘴巴，背后那条蝎子尾巴翘起来，轻轻地摇摆着。"你不会连晚餐也记得吧？"

"可以看下手账吗？我还可以告诉你四年前吃的晚餐。"五十岚真翻起公文包来，这让女程序员更吃惊了。

"喂，总而言之，我可不记得什么两年前的程序，不好意思啊。给故障牵强地找个原因，报告给上司，对你们质量管理部来说可能是件大事，但我还有更重要的事要忙。"女程序员继续道，"坦白说，质量管理部就是个找借口的部门吧？不过是为了交代顾客，给他们一份所谓的调查报告。程序一行都不会写，凭什么在这里和我唠叨？还是说你是来帮我的？调查漏洞能帮我把错误抹去吗？"

"也有这种可能。"五十岚真的双眼皮眼睛藏在眼镜下，像一个深邃而不近人情的摄像头，"通过这次调查，也许会发现导致本次故障的，不是你个人的错误。"

"比如呢？怎么发现？"

"如果找不到对程序判断条件上的明确描述，就不能说只是你个人的问题。"

"设计说明上可没有描述。"

"就算这是因为你而造成的程序漏洞，这个漏洞也应该在当初的测试阶段被发现。"

"可是，如果要测出这个罕见的个例，测试量会是现在的十倍。你觉得这做得完吗？"

"必须做完。"五十岚真回答。

程序员不可置信地做出一副反胃的表情。

"喂，五十岚先生。"女程序员不知何时离开了座位，一点一点逼近五十岚真，直到完全缠绕在五十岚真的身上。

她虽然十分美艳娇俏，胳膊的皮肤却像鳞片一样粗糙。刚才若隐若现的巨型蝎子尾巴，妩媚地画着柔美的曲线，慢慢缠住五十岚真的身体。尾巴的分叉像两把举起的镰刀，轻轻碰触着五十岚真的脸颊。

五十岚真心想，这是蝎子精。《西游记》里，蝎子精使尽挑逗诱惑的法术，拐走了唐三藏。自己怎么会知道这些，五十岚真歪着脑袋想，但他不会想明白。

蝎子尾巴灵活地靠近五十岚真的脖颈，提起他的衣领，缓缓解开领带结，刷的一下扯下领带。只见五十岚真的领带优雅地飘扬在空中。

"你要是真的对因果关系那么执着，换我来问你个问题吧。"

"什么问题？"

"假设哦，有个孩子死掉了，是自杀哦。这个孩子明明什么错都没有，却一直遭受校园霸凌，但他忍耐下来了。马上就要毕业了，他想，再忍忍就过去了。但是有一天在街上，他一走神，砰，不小心撞到一个成年人。"

"他们认识吗?"

"不认识,是个陌生人。这个被撞到的成年人很生气,说:'走路不长眼睛吗?'正巧他心情不好,但孩子受不了这样的谩骂,觉得活着总有无穷无尽的苦难,就自杀了。"

五十岚真还是不明白为什么她忽然诱惑自己。

他当然不会明白的。他也想不到,自己存在于一只猴子讲的故事里。

"所以啊,我想问问,因果先生,不近女色的玄奘大人,到底谁才是罪魁祸首?是霸凌他的孩子们,还是破口大骂的成年人?"

"是霸凌他的孩子们。"五十岚真没有犹豫。

"但成年人的谩骂直接导致了孩子的自杀,对吧?"蝎子尾巴发出放荡的笑声,"换一个简单的问法。第一个人往水杯里注水,注到水面和杯口持平。第二个人只往水杯里滴下那么一小滴水,水却溢出来了。你说到底是谁让水溢出来的?这当中的因果关系该如何界定?"

就在这时,五十岚真的手机响了。接通电话,是质量管理部的女文员。"五十岚先生,科长好像有急事找你。"手机这头,蝎子尾巴捡起她刚才扯下的领带,在五十岚真的脑袋上把玩。五十岚真挂掉电话,扭过头来,发现女程序员已经坐回了原来的椅子,身上的妖气消失得无影无踪。

"忽然有点急事,我必须回去一趟。"

女程序员终于迎来了解放,坦率地长舒一口气。

"下次有机会再来继续调查。"

"还有下次?不是吧?要是因为两年前我和男友分手,焦虑不安、注意力涣散，导致产生了漏洞，该怎么办？"

"是前前男友，对吧？"

"这么说，你还要继续调查我们分手的理由吗？"女程序员很气愤。

"嗯，是的。"

"那这样，火灾报警器的故障，都怪到那个跟我分手的男人头上吧。"

五十岚真刚回到质量管理部，科长就对他说："五十岚，我想拜托你做一项新工作。"

"新工作？是部门调动吗？"

"不是调动。想让你去一趟证券公司，调查一件事。"

"证券公司？发生系统故障了吗？"五十岚真迅速在脑中搜索和公司合作的证券公司，不外乎菩萨证券和TRIPLE证券这两家。

"是菩萨证券。"科长说，"你可能也看新闻了。九天前，菩萨证券下了一张错误订单，短短二十分钟损失了三百亿日元。"

"二十分钟，三百亿日元？"到底是怎么回事。

"对方觉得我们开发的系统有问题，想把责任推给我们。所以我要你去调查清楚。"

五十岚真正为如何回应而苦恼，见科长斜着眼瞄向自己的脑袋。

"怎么了？"

"没事，只是没想到你也会做这种事啊。"

"这种事？"五十岚真疑惑地伸手去摸，才发现自己的领带竟缠在头顶上。一定是刚才那只蝎子精做的好事，竟一直没发现。

"在脑门上缠领带不是一项传统的搞笑表演吗？哎呀，不过一本正经的你缠起领带来，总让人觉得别有深意啊。"

五十岚真慌忙取下领带系好。就这样，五十岚真开始调查二十分钟损失三百亿日元的原因了。

好嘞，欲知后事如何，且听下回分解。

我的故事

我来到一片静谧的老旧住宅区。不远处有一条东西向的马路，路旁种满了银杏树。路中央夹着一条狭窄的分离带，两侧是人行道。马路一角坐落着一家便利店，红白相间的招牌看起来毫无新意，却给人舒适感。便利店旁是一片开阔的停车场。

停车场的角落里，四个男人和一个女人正在练习合唱。他们一件乐器也没有，用人声模仿不同乐器的音色。时而是弦乐，像潮湿的双手抚过空气；时而是打击乐，穿过皮肤直击灵魂深处。

四个男人中间站着一个四五十岁的女人，丰腴圆润，像只质地柔软的木桶。腹腔发出的声音在她体内回弹，形成一种兼具优美与狂野的独特音色。男人声部各不相同，高低音交融的和声悠悠跟随着女人的旋律。

此刻，我仿佛站在一条湍流中央，看不见的奔流涤荡着我的身心。

忽然，我面前的停车场无故出现了一个地洞，像是摘去井盖的下水道。探身一看，里面如同隧道深不见尽头。洞里挂着一架木梯，几个上身赤裸的男人正热火朝天地从洞底汲水，自下而上接力运送水桶。他们伴着劳作的节奏哼唱着歌谣，与合唱团的歌声重叠交织在一起。

这是什么情况？我揉揉眼睛，地洞不见了，还是从一开始地洞就不存在？

天色已晚，遥望夜空，几片薄云在天际绵延。

"小兄弟，你过来呀。"刚刚唱完歌的女人跟茫然伫立的我搭腔。不唱歌时，她的嘴看起来依然很大，脸颊丰满隆起，双眼如猫咪般细长，这张面庞令人感到温暖。

小兄弟，是说我吗？我指指自己，向对方表达疑惑。对方朝我点头，仿佛在说"除了你还有谁"。四个男人也微微点头。

"刚才那首歌怎么样？虽然还只是练习。"我刚走近，女人便假装拿着麦克风靠近我嘴边问道，活像电视台的采访记者。

"不错。"我只能苦笑，朝看不见的麦克风小声回应。

"我可不想听这种敷衍的回答。"女人拍拍我的肩膀，似乎并没有生气。

"没有敷衍，真的很感动。"我的话听起来更生硬了，"请问你们是什么样的关系？"

"同伴关系。"女人看看身边的男人们。四个男人体格健壮，身姿挺拔，五官虽有差异，看上去却像四兄弟。他们嘴角上扬，露出大方的微笑，既绅士又亲切，像是高级酒店的服务生。"这些孩子是我家附近一家意大利餐厅的服务生。我们都喜欢唱歌，在这里排练已经快一年了。其实还差一个人，他虽然是男人，但音域特别高，歌喉宛若天使。"

"天使的歌喉。"我不禁鹦鹉学舌,这说法像过时的广告。

四个男人莞尔微笑。

"我还以为是便利店在举办什么招揽客人的夜间活动。"

"才不是呢,我们是游击队。"珠圆玉润的女人狡黠一笑。他们明目张胆的样子显然不像游击队,但我还是决定闲话少说。也许她只是对"游击队"这个表达情有独钟,想要找机会说出口,况且"游击队合唱团"也别具风格。

我开始想象,他们潜伏在湿地或森林中,挖穴藏身,伺机出动,高声合唱。若被盯梢或遭遇敌人的前锋,他们立马就地隐遁。我仿佛听到他们中有人高喊:"不好!男高音中招了!男高音负伤了!"游击队合唱团神出鬼没,来去无踪,一定让敌人伤透了脑筋。

"我叫雁子,幸会。"

"我姓远藤。"

"名字叫什么?"雁子伸出食指指向我。

凭什么要把全名告诉这些素不相识的人呢?可惜我不是态度强硬的人,说不出"要你管"这种话,只好含混地答道"二郎"。

"哦,原来是二郎真君。"

我不明白她口中的名字是什么意思,但又懒得问。

一阵脚步声从背后传来。我转身,发现一个身板宽阔的男人正从便利店大步流星地走过来。从穿着来看,他身穿很像水手服的便利店制服,清爽可爱,可能是便利店店员;而从年龄和气势来看,又可能是这家便利店的店长。男人很像我小时候喜欢的国外动画片角色——一身健美的肌肉,一张牛脸,两只臂膀粗壮得可怕,如果加上船锚的刺青就更像了。我猜男人是来清场的,像是要过来说"要唱去别的地方唱,别堵在我们的停车场",想想就觉得后背发凉。

"不好意思啊。"男人发话了,他胸前的名牌上写着"店长金子"四个大字。我刚想说"我们马上就走",金子店长开口道:"我现在还没法下班,今天不能参加练习了,有个兼职的人今天请假。"

"哎呀,这样啊,真遗憾。"丰满的雁子回应道,"小兄弟,这就是我刚才说的另外一个成员。"

"啊?"我看向金子店长,"他是合唱团成员?"

"是啊,他的声音很好听哦。"

"天使的歌喉?"我将信将疑。

"你好,我是天使。"金子店长表情严肃,向我鞠躬致意。他一头圆寸,五官深邃,我一时不知该如何回应。

"我是远藤二郎。"不得已,我只能顺势介绍自己。

"新成员吗?"金子店长用粗壮的手指指向我。

"不是不是,"我连忙摆手,"我本来想去便利店,结果听到他们在唱歌。"

"是我的客人啊。热烈欢迎,请尽情消费。您来买什么?是避孕套,避孕套,还是……避孕套?"店长豪爽地大笑。

合唱团的男人们也开心地笑出声。我只能苦笑。专程搭好几站电车只为了来这家便利店买东西,未免有些疯狂。

一周前,边见姐拜托我去探望她家那个闭门不出的儿子。要说边见姐也是,我既不是专家也不是老师,对青少年的心理问题更没有研究,她居然敢找我帮忙。可想想自己也是,苦恼了整整三天,对着电话还是答应下来。

边见姐听到我的回复喜出望外，也许她深信蛰居的儿子可以马上重返光明，效果就像驱魔师赶跑恶魔那样立竿见影。

我必须解开这个天大的误会。意大利确实有官方认证的驱魔师，但他们和每周约见的心理咨询师没什么区别，并不是见到神父、让神父和恶魔对话、念咒语，恶魔就立即消失了。有时神父要花数十年才能宣告恶魔消失。

可我还是轻易地答应了边见姐。

"他已经蛰居两年了，半年前忽然加重了。"边见姐在电话里告诉我。

"加重之前还会去做心理咨询，是吗？"

"还会去便利店买零食和杂志，从家到店里步行大概只要五分钟。"

"嗯，这样啊。"

"蛰居族也有很多类型。有的孩子完全不出门，现在真人就是这种情况。还有的孩子能稍微外出买买东西。"

"真人为什么要去那家便利店？"

"这个我没有问过。真人好不容易才出趟门，要是我说了什么多余的话惹他生气就不好了。心理咨询师告诉我，便利店也好，别的地方也罢，只要他肯出门、能和外界有联系就好。我只能在一旁默默守护。没想到到头来，真人还是完全自我封闭了。"

因此，我才想先去一趟边见姐说的便利店，而且特意选在真人习惯外出的时间。这样，见到真人的时候，也许可以有一些共同话题，哪怕没有话题，也许也能找到一些参考。就是这时，我遇到了合唱团和店长。

✝

　　我眺望着便利店停车场旁的坡道。爬上这条坡道，应该就是边见姐家所在的街区。

　　"啊，那个啊。"一旁的金子店长说。明明我什么都没说，他怎么知道我在看什么？后来我才发现，人行道旁摆着一只插着鲜花的小瓶子。金子店长似乎以为我在盯着花瓶。

　　"大概一年前，那里发生了一起交通事故。"

　　"已经过去一年了吗？还是十个月左右呢？时间过得真快。"雁子在一旁叹息。

　　"有谁去世了吗？"

　　"我们的一个店员。"

　　我不知说什么才好，只能发出"哎呀"这种愚蠢的感慨。

　　"他半夜打完工，在回家的路上被撞了。人命真是一文不值。前一秒还在店里摆杂志，跟我说'辛苦了，明天见'，下一秒就被车撞飞，当场死亡。"金子店长体格壮硕，又长着一张不好惹的脸，"人命一文不值"从他口中说出，竟带着一丝草菅人命的杀手气息。

　　"我们也经常遇到那个店员呢。虽然他不太亲切，可我们常想，那天如果我们在这里练歌，也许能救他。"雁子的话于事无补，四个合唱团成员双手抱在胸前，痛切地点头。

　　"那个店员多大岁数来着？脸看不出年纪。"

　　"估计三十出头吧，看起来很年轻，其实不小了。"

"他是个好员工吗？"意识到自己问出探究的问题，我不禁冒了一身冷汗。又来了，我又要落入别人的悲惨世界了。必须爬出这泥沼，否则很快会被无情吞噬。

"也不算是。"金子店长脱口而出，"那家伙做什么都半途而废，请假偷懒也无所顾忌，算不上什么优秀员工。他不是什么坏人，但也算不上好人。"

"你就算他是个好员工不行吗？"夸奖下意外身亡的店员又不会有什么损失。

"这世上没有百分百的好人，也没有百分百的坏人。"雁子张开大嘴说。腰板挺直的四个成员点头赞同。

我不由得想起了恶魔。"恶魔"恐怕是西欧文化独有的概念，它存在的前提是神祇是绝对完美、善良的，这样恶魔就是神祇的敌人，操纵世间罪恶，兴风作浪。但是仔细想来，善恶也没有这么简单，就算我效仿神父驱魔，也难免会为此思考。

"善恶杂糅，这才是人。"雁子说。

我深表赞同。比起相信一切坏事都是恶魔作祟，雁子的话更令人信服。我再次看向路旁的花瓶。夜色已深，我无法分辨花的颜色，但这朴素凛然的花朵包含了许多温情。这些花十分规整，像是路过的司机为这里而设的护身符。正因为这花朵，这名店员仍和这人世间保持着某种联系。

"如果没有那些花，这个人就好像从来没有存在过。"

我本以为金子店长会抡起拳头把我打倒在地，然后骂我"你这家伙，对我的店员一无所知，凭什么在这里胡说八道"，而他只是应道："也是。坟墓也有一样的功能。如果没有一个类似的物件，死去的人就会被忘却。大家回忆往昔的时候，有那么一瞬间会感到迷糊，甚至怀疑是否真的有这个人。"

"是不是有个叫胡夫的法老来着？"雁子饶有兴趣地插话，"就是那个造了座巨型金字塔的人，还不是为了让大家记住自己。那坟墓又傻又大，别人想看不见都难，看到了就会想'啊，以前有个叫胡夫的法老啊'，想忘也忘不掉。在居酒屋喝酒的时候也会抱怨'哎，当初建塔时可让人吃了不少苦啊，太坏了'。这么说来说去大家才会记得这个人。"

"古埃及应该没有居酒屋吧。"

"二郎真君，别太注意这些细节。但如果古埃及有居酒屋，生鱼片一定放在金字塔型的盘子上。"

"哦……"

车道明明是干的，却被夜晚的黑暗浸透，仿佛淋过雨一般。茫茫湿气中，瓶子里的花朵单薄脆弱，我很害怕它枯萎凋零。那样一来，死去的店员又会何去何从？夜色中，花朵闪着微弱的光芒。

"那花是店长放的吗？"

"你觉得是我吗？"

和聚会上女孩子问的"你觉得我几岁"一样，他的反问也难以捉摸。我不知道如何回答才会让对方满意，只好硬着头皮，好像说出的话是禁忌的咒语："因为我觉得你很细心。"

在场的六人放声大笑。雁子拍着手说："二郎真君好体贴啊。"

"放花的人不是我，但每周都有人来放。"

"是店员的家属吗？那起交通事故是怎么发生的呢？"

"当时是深更半夜，没有目击者，谁也不知道到底发生了什么。

但据肇事者称,是那家伙自己忽然出现的。"金子店长撇了撇嘴。

"抓到肇事者了?"

"抓到了,不是所有肇事者都会逃逸。她是个中年妇女,那天工作到半夜,匆忙回家途中出的事。"

"真是可怜啊。"我漠然地说。

"你说谁?"

"什么意思?"我心想当然是死去的一方。

"肇事者也挺惨的。她有个女儿,患先天性疾病,一直在住院。本来就是单亲妈妈,因为事故还丢了工作,也够可怜的。"

受害者和加害者都很悲惨。一阵悲伤忽然袭来,揪紧我的胸口。在难以预料的时间和地点,这两个人的人生同时被无情摧毁。他们都在某个地方发出 SOS 求救信号。

"SOS?"雁子问道。

我这才发现自己竟无意识把想法说了出来,只好含糊其词地说:"没什么。"

到处都是在哭泣的人。人们都在发出 SOS 求救信号。可我只能堵上耳朵,因为我什么忙也帮不上。如果无力感是从天而降的一场大雨,那么我早已浑身湿透。

"要说那家伙也是,忽然出现在马路上不是找死吗?"尽管金子店长一直称呼他"那家伙",却饱含深情。

"肇事者……"

"我听说那个女人和那家伙的父母达成了和解,没有被判刑。判决估计已经下来了。"

"啊,是她。"我忍不住出声,想起前几天在家庭餐厅遇见的那个被年轻男人逼着还钱的女人，忍受挖苦，只能低着头不作声。

"二郎真君，你认识她？"

"嗯，在一个奇妙的场合碰见过一次，样子真的很憔悴。"

"是吧。如果她说的是实话，那可是和天灾一样不可抗，能有什么办法呢？"金子店长说。

"对了，"我这才想起来的目的，"半年前，有个年轻人习惯在这时段来店里，你们有印象吗？"我说的便是真人。

虽然我看着店长，但这问题也抛给了雁子和其他四个合唱团成员。

他们皱起眉头，毕竟来便利店买东西的年轻人很多。于是我增加了一些描述，他们恍然大悟："啊，你说真人啊。"

"对对对，真人。你们知道他吗？"

"他过去经常在这里听我们唱歌。"

"你们和他讲过话吗？"边见姐告诉过我，真人只跟家人交流。

"刚开始完全不讲话。"雁子噘起嘴，像在数落不懂礼貌的年轻人，"现在年轻人都那样，面无表情，只会呆站着。不过，他经常来听我们唱歌呢。还有，嗯……要不给你讲讲那件事？"

"哪件事？"

"Singing Well。"

"那又是什么？"发音听上去很像 Wedding Bell，但我完全不明白。

"就是字面意思，唱歌的水井。据说在非洲的半沙漠地带，游牧民从井里打水时总会唱歌助兴。"

我蓦然想起刚才看到的场景。停车场地面上有一个深不见底的地洞，确实像一口水井，里面有一群工人模样的男人在用水桶汲水，再把水从洞底接力运到地面。

当然这些都不是真的，一切都是我的错觉或幻想。可那画面不就是他们说的 Singing Well 吗？

意大利朋友洛伦佐的话忽然闪过我的脑海："二郎，你是不是能看到人们内心深处的风景？"

男人在水井里唱歌工作的景象，也许就是雁子内心深处的风景。

"我唱到兴头上时总会有这种感觉。好像看见好几个男人跳入井中用水桶汲水。真人听我这么说，好像很感兴趣。从那之后，我们就开始说话了。"

"真人主动说话？"

"他是个有趣的孩子呢。虽然光说不做，但知道的可不少。他外公好像是个记者，经常去国外工作，懂得很多。"

在我还小的时候，边见姐的父亲确实是一名自由记者，经常出国到处采访。我还听说，当时边见姐的父亲去采访伊斯兰士兵，边见姐跟着他穿越巴基斯坦边境，一个相关人士还对边见姐产生了情愫，让她很困扰。真人可能从他外公那里听了不少国外的故事。

"真人都讲了些什么？"

"马岛战争啦，圣方济各·沙勿略啦。"

"这都是什么？"

"还有安哥鲁莫亚王什么的。"

"诺查丹玛斯预言里的那个大王吗？"

"是啊，真人问我知不知道为什么预言没有成真。"

"有点意思啊。"

"不过嘛,他净跟我讲什么西伯利亚神秘大爆炸啦,圣方济各·沙勿略的遗体在印度某教会神秘失踪啦,听得我头都大了。"

"嗯,要是我也会头大。"

"是吧。他还年轻,这个年纪的孩子还不知道跟别人讲这种话题会令对方困扰。他还说过'为什么人类会感到羞耻',听上去倒是很有意思。"

"为什么人类会感到羞耻?确实很哲学。"虽然这么说,但我根本不懂什么哲学。

"其实也没那么深奥。只是对青春期的孩子来说,羞耻感具有和死亡一样的冲击力,会让他开始思考。"

猴子的故事

咳，上回咱们讲到哪里来着？

上回讲到，唐三藏即玄奘法师要携俺老孙上西天取经……不对，要讲的是五十岚真的故事。

且说这五十岚真接到了上司的命令，要去调查菩萨证券为何在短短二十分钟内损失了三百亿日元。事不宜迟，次日他就来到菩萨证券的总部大厦。

上回我净讲些程序、漏洞之类的东西，许是晦涩难懂了些。权当耳旁风也罢，能记住火灾报警器就行。可记好了，火灾报警器。

言归正传。

五十岚真穿过走廊推开办公室门，这房间异常宽敞，只见正中央赫然摆着四张孤零零的办公桌。三名女员工正盯着电脑屏幕敲击着键盘。最后面坐着一个满脸胡须的男人，一见到访者，立即起身举手招呼。

"欢迎欢迎。大驾光临，有失远迎，您就是桑原公司的五十岚先生吧？久仰久仰，以前和贵公司的系统工程师喝过一杯，听他讲起过五十岚先生，说您是一位非常优秀的质量管理负责人。"

这位便是总务部部长。此人体形富态，蓄着胡须。瞧这身形总觉得在哪里见过……可不是嘛，与俺老孙的结拜兄弟牛魔王好不相似。

在会议室坐定后，牛魔王清了清嗓子，叙述道："这事发生在十天前。早上十点，敝公司资产管理科的一名男员工使用系统发起卖出交易，结果输错了信息。"

五十岚真在手账上奋笔疾书。

牛魔王部长的说明如下：

十天前，一家名叫"火焰山"的企业在新兴股票市场 MOTHERS 挂牌上市。这是一家生产太阳能电池的厂商，并不引人注目，知名度也就中等偏下吧。

"上市当天，一个持有火焰山股票的顾客委托我们的员工卖掉其中一股。毕竟我们是证券公司嘛。"

证券公司的员工收到了顾客买卖股票的委托，该怎么做呢？

打开工位上的电脑，在某个界面输入信息。其实就和网上购物一样。差别在于，买卖股票的系统界面连接的是东京证券交易所的系统，而提供这套系统的正是五十岚真所在的公司。

"一股能卖多少钱？"

"火焰山的股票一股要五十万。喂，听好了，这可是一股。"牛魔王反复强调。

"哦，是一股啊。"五十岚真的脑海中浮现出一张摇摇晃晃的小纸片。

"可是，唉，那个员工在系统里输成了五十万股。"

"啊？"

"本来只卖一股，变成了卖五十万股。就像你想在网上拍卖一张职业棒球卡，结果却写成了要卖五十万张。"

"这个人……不是故意的吧？"

"要是故意的，那还好办。"

"什么意思？"五十岚真有些惊讶。

"嗯……那样的话，只要怪到那个员工头上就好了。追他到天涯海角，怎么指责都不为过。"

"原来如此。就是说，完全因为员工失误，一股被输成了五十万股。"

"他居然会有这样的失误，真是难以置信。"看着义愤填膺的牛魔王，五十岚真暗自思忖，这位部长真是做不了调查事故的工作。

并非因为他是牛魔王，而是因为那些大张旗鼓地说什么"我才不会那么做，不敢相信居然有人会那么做"的人，根本无法找出事情发生的真正原因。

有档电视节目曾经报道过一则虐待儿童的新闻，主持人自以为是地说："不敢相信，天底下居然有母亲会这样对待自己可爱的孩子，真是个人渣。"

看着愤懑的主持人，五十岚真不由怀疑：真的是这样吗？在不知道这个母亲遭遇过什么的情况下，轻易断言她是人渣才更让人不敢相信。

也许那个母亲照顾孩子已经身心俱疲，睡眠不足导致意识模糊，加上得不到家人的帮助，只好过着抑郁的生活。

当然不是说这样就可以虐待儿童，但至少别不负责任地说什么"不敢相信天底下居然有这样的母亲"。

睡眠不足会使大脑皮层功能退化，最终导致精神紊乱。

五十岚真想：如果母亲有精神压力，很可能会对孩子动手。这不是同情，而是要查清问题的根本原因，就必须这样去思考。

又跑题了，怎么讲故事时一不留神就跑题。

言归正传。此时，只见牛魔王部长的头上长出巨大的犄角，朝天鼻不断膨胀变大。"我们公司的员工，把一股五十万日元，输入成了一日元五十万股。"

两只巨大的鼻孔，因激动噗噗直冒烟。

五十岚真翻开自己带来的系统设计详细说明，可牛魔王鼻孔里呼出的气流居然又把设计说明合上了。他只好再翻开，气流又将它合起来，就这样开、合、开、合，僵持不下。

五十岚真默默对抗着鼻孔气流的攻击，好不容易翻到系统界面那页，用手牢牢压住。

证券买卖的系统是由五十岚真所在的桑原系统公司设计制作的，初版系统三年前交付。

翻开资料夹，交付后出现的所有系统漏洞都记录在案。尽管如此，总体来看这还是一个少见的优秀系统。

"贵公司为资产管理科的员工每人提供一台电脑。敝公司的系统连接着东京证券交易所，需要和一般的电脑系统切换着使用。"

也就是说，同一台电脑上不能同时进行上网和股票交易。这能为客户的重要信息保密，避免信息因为病毒或操作失误流传到网络上。

这是一种十分正确的做法。要防止失误，一套从根本上杜绝失误的系统比呼吁要集中注意力这样的精神方法论更有效。就算提醒大家好好检查，失误还是会发生。

牛魔王部长喘着粗重的鼻息，问道："怎么样？"

"什么怎么样？"

"原因啊，下错单的原因，你有结论了吗？"

"还没有进行任何调查，现在我还不能得出结论。"

"不就是员工输反了股票数和股票价格吗？原因不就是这个吗？"

五十岚真十分惊讶，自己说了什么，牛魔王好像根本没有听，只好重申："我还不能得出结论。"

"既然如此，也可能是贵公司的系统有问题喽。"牛魔王部长挺起胸膛，深吸一口气，从鼻孔呼出一波猛烈的气流。

五十岚真差点被吹跑，只好紧抓桌角死死挺住。"敝公司的系统有问题？"

"看，你们设计的界面，股票数的输入位置和价格的输入位置，是不是挨得太近了？"

五十岚真立刻明白了牛魔王部长的意图。

"你们设计的界面容易输错，系统本身也有责任。"

"有可能。"

五十岚真干脆的反应好像让牛魔王部长感到意外，他抚摸着头上威风凛凛的牛角，说道："哦，你承认系统有问题了？"

"我只是想说明，没有调查就没办法得出结论。"五十岚真诚恳地回答，"另外，虽然这是常识，我还是提醒一句。界面设计是由敝公司的系统工程师和贵公司的产品设计负责人商议决定的。"

"那又如何？"

"万一问题出在界面设计上，敝公司不负全责。"

"你想推脱责任？"

"不，我在陈述事实。"

牛魔王部长露出不满的神色，扬起两只硕大的鼻孔。

"损失金额是三百亿日元，对吗？"五十岚真再次向对方确认。这个数字对他来说大得不真实。

"当然，三百亿只是估算，具体的损失无法确定，毕竟今后会发生什么事还不知道。眼下我们恐怕要用现金赔偿购买股票的人。火焰山股份有限公司一共只有一万多股，我们却卖了五十万股。"

"不存在的东西也能卖出去？"

"在股票系统中可以，对吧？又不是一手交钱一手交货，只是数据交易。比如，在拍卖系统上可以随便写'出售五十万张职业棒球卡'。问题出现在交货环节。"

"所以，数据上来看，五十万股已经被买光了吗？"

"发现问题后我们急忙回购,但还是有十万股被买走了。"

"是谁买走了?"

"不知道,"牛魔王部长露出厌烦的神色,"但马上就会知道了。大量购买股票的人必须向财务局提交报告。那时我们就会知道是谁买了,买了多少。"

"但那家公司的全部股票只有一万多股。"

"我们无法提供给那个买了股票的家伙十万股,也无处筹集,只能采取特殊手段,通过现金赔偿请求对方原谅。"牛魔王部长抚摩着牛角,对买方的愤怒溢于言表,呼吸又变得粗重起来。为了平息怒气,牛魔王奋力地深呼吸,再缓慢地喷出鼻息。好一次悠长的呼吸。呼出的气息如同纤细的手指伸进五十岚真的脖子,钻进他的领带结,领带结霎时间被解开。"不过,搞错订单也是家常便饭。每家公司多少都存在这种现象,谁都有输错的时候。"

"确实如此。"五十岚真认同地点点头。这一点必须牢记。"人会犯错。这是我们做事的重要前提。为此一味叹息没有意义。关键在于减少失误或及时发现失误。"

来菩萨证券之前,五十岚真在网上新闻库搜索,粗略浏览就能发现有好多起证券公司系统输入错误的事故。涉及数额较大的一起发生在二〇〇一年十一月,某欧洲证券公司出售一家日本广告代理店的股票,把"十六股售六十一万日元"输入成了"十六日元售六十一万股",与这次事故如出一辙。

"估计其他证券公司早就知道我们发生了什么事。"

"为什么?"

"明眼人一看就知道,这是下错了订单。同行虽然知道我们的困境，知道这是一次失误，也知道我们正手忙脚乱、试图挽回这个失误，还拼命地收购。你知道这是为什么吗？"

"为什么？"

"这是一个他们赚钱的大好时机。"牛魔王部长咬牙切齿、呼吸急促，开始用蹄子敲击桌面。牛角也好，蹄子也好，光听这些不就像一头真的牛吗？你们一定很惊讶吧？很好，要的就是这种感觉。

所谓故事，就要由讲故事的人说了算。我说有鬼，那就是有鬼。我说证券公司的总务部部长是牛魔王，那他就是牛魔王。你们可以随心所欲地描绘心中的牛魔王。

牛魔王的鼻息吹起五十岚真的领带，领带在空中肆意飘扬、翩翩起舞。

"还有那些在网上炒股的所谓个人投资者。那些家伙才不关心其他公司的业绩或者未来发展，也许根本不知道火焰山股份有限公司是制造太阳能电池的。他们只关心数字起起伏伏的变化，至于数字背后的公司是什么、员工生活怎么样、公司产品如何影响社会，甚至公司的收支状况，他们一概没兴趣。他们只会看着屏幕，点击鼠标，购买，然后马上转卖。"

五十岚真不是不明白部长的愤怒，只是部长的观点他实在不敢苟同。"股份制公司和股东的关系确实如此。为了趋利避害，形形色色的人通过自己的活动左右股价变动，经济由此运行。"

重视人情，就无法剔除既得利益者。大家应该都知道，既得利益者是资本主义的劲敌。

"但是，股东应该像公司的分身，与公司共同承担利益和风险。"

"公司的分身？"

"我是这么想的,股东应该对公司秉持爱与责任感。"牛魔王部长加强了语气。

"分身"一词引起会议室气氛的骤变。一团热气忽然聚集起来。

牛魔王部长双目圆睁,粗声粗气道:"说到分身,我就想起孙行者。"接下来,牛魔王部长的话题越跑越偏。本以为他会咬牙切齿地咒骂那只夺走妻子芭蕉扇的可恶猴头,没想到却是一副炫耀朋友的骄傲神情。领带随着牛魔王的气息在五十岚真头顶轻柔曼舞。"孙行者会使分身术,你知道吧?"

"分身术?"

"他拔下自己的毫毛,放嘴里嚼碎了一口喷出,喊声'变',那毫毛就能变作许许多多个孙行者。"

"这样啊。"

"你也见过那些猴子分身一齐飞向敌人的场面吧?"

五十岚真颦蹙眉头,没想到,牛魔王会理所当然地问这么一个出其不意的问题。他哪里见过孙悟空拔下毫毛变幻分身的场景,只好如实回答:"我怎么会见过。"

"不是问你现实里有没有见过。你肯定在漫画或者图画里见过吧?"

"啊,原来是这个意思。"

"孙悟空的分身也称'身外身',你知道身外身的结局吗?"

五十岚真当然不知道。他对孙悟空只有粗浅的印象,更没听说过分身或身外身。

"有种说法认为,分身是从体毛变化而来,所以到了既定的时间,这些分身就会消失。"

"是死掉了吗？"

"毕竟只是体毛，在被拔下来的那刻就已经死掉了，和掉了的头发长不长是一个道理。还有……"

"还有？"

"还有一种说法认为，孙行者只要身躯一震，分身就会立马变回体毛回到他身上。"

"变回体毛？"

"身外身回归本体，任务结束，终归为毛。"

五十岚真暗自思忖，体毛变成分身，莫非在暗示遗传基因和万能细胞？而所谓的身外身，就是由万能细胞培育出来的克隆体。

如此一来，俺老孙岂不成了能快速培养万能细胞、深谙基因工程的生物学家？我的分身就是名为"身外身"的克隆人！

"还有更有趣的事呢。"

"更有趣？"五十岚真鹦鹉学舌地重复着。他并没有觉得刚才的话多有趣，又谈什么"更有趣"呢？

"有些身外身没有死掉，也没有变回体毛。分身虽小，但离开了孙行者的本体，力量还和本体一样大。有些身外身无视孙行者的召唤，不再回归本体，只会越逃越远。它们本来是为了打败敌人而存在的，但现在不是了。"

五十岚真脑海中浮现出一只猴子的分身，步伐沉重、渐行渐远。

"然后呢？"

"它们会成长。"牛魔王说，"本体的分身会变强大。"

怎么样，想起来了吗？这和我给你们讲过的故事分毫不差，那个分身逃跑的故事。

咱们就在五十岚真的故事里再听一遍。

"不好意思，我不明白这和股票有什么关联。"

牛魔王尴尬地收了收下巴。"股票不就像这些分身吗？"

"我不觉得有多像。"

"你说什么？！"牛魔王部长露出恐吓的神情。舞动的领带翻了个身，缓缓掉落在五十岚真身边。牛魔王部长递给五十岚真一沓纸。原来是公司内部的员工简历，记有每个员工的个人信息。"下错订单这件事已经过去十天了，我们掌握了大概情况。这件事引起了不小的轰动，很多双眼睛都在盯着我们。如果交不出一份调查报告，恐怕没法交代。"

"没法向谁交代？"五十岚真虽然问了，但他知道答案——世人、社会，笼统称为"大家"。

"社长要我给你最大的权限调查这件事。"牛魔王部长说，"一会儿麻烦签署一份个人信息保密协议。"

"好的。"

"你可以约我们公司的任何员工面谈。那份资料里的员工都和这个案件有关，他们都做好了和你交谈的准备。"

"不过我想这是一起事故，而不是案件。"

"不一样吗？调查应该花不了多少时间吧？我们没工夫等你磨洋工。拜托了。"

"只有我一个人调查，还是要花不少时间的，请您理解。"

牛魔王部长扬起眉毛，瞠目结舌，好像在看着一个十分滑稽的人。"员工把'一股五十万日元'输成了'一日元五十万股'，这就是原因。不就是写错、输错之类的吗？再调查一下界面设计和系统内容有没有问题不就完了吗？这不是很简单吗？"

五十岚真一言不发。他觉得没有必要指出牛魔王部长的错误认识。

二十分钟损失三百亿日元。为什么会发生这样的事故？

因为员工操作系统时输错了数字。

那么，为什么会输错？

这个细节必须调查清楚。

这么做是为了避免重蹈覆辙吗？

当然也有这方面的原因，但首要目的是给"大家"一个交代，让"大家"安心。如果能怪到巴布亚深山锹形虫头上就再好不过了，这样"大家"也可以安心，把它当作罕见的个例。

刚走出会议室，五十岚真忽然停住，像一具木偶一动不动。

一双无形的巨手提起了五十岚真的身体，把他当作一颗跳棋，砰、砰、砰向前移动。

一、二、三、四、五。五十岚真变成双陆棋棋子，按照骰子掷出的数字前进，来到了资产管理科门前。

这时，时空重新启动，五十岚真长出肌肉，恢复气息，血液流通。他从一颗双陆棋棋子变回了有血有肉的人。

五十岚真敲敲门，向应声开门的女员工递出一张名片。对方收下名片，自我介绍起来，可视线却不停地飘向五十岚真的头顶。

五十岚真看向一旁的镜子，发现自己头上缠着一条领带。

就算素未谋面，女员工还是察觉到领带的滑稽与五十岚真的一本正经之间的反差，拼命忍住爆笑的冲动。

五十岚真默默取下领带，正准备挂到脖子上系好，女员工扑哧笑出了声。

欲知后事如何，且听下回分解。

我的故事

我小时候没有什么优点，学习普普通通，运动也马马虎虎，很喜欢画画。我不追求技巧，只是在纸上随心所欲地涂抹，父母有段时间很欣赏我的画。

"远藤你画得真不像样。"小学的时候，我画了一幅校园风景的水彩写生，却让班主任大吃一惊。

"老师，什么叫不像样？"

"就是比难看还要难看。"

我明白了老师不是夸奖而是在贬低我，心情顿时一落千丈，回家后告诉了母亲。母亲居然很生气，对我说："你的画很有味道，我就很喜欢啊。你要继续画下去，想怎么画就怎么画。"

可能因为母亲的支持，我才得以保留画画这个爱好，还会去美术馆欣赏过去的画家作品。

高考失利，我进入一所美术学校。就是在那里，老师推荐我出国留学。

留学期间,我在威尼斯租房住,邻居是洛伦佐。他也是我接触"驱魔"的契机。

洛伦佐的父亲是天主教神父,也是一名由梵蒂冈官方认可的驱魔师。刚得知此事时,我很讶异:当代居然还有驱魔师?我甚至觉得"官方"这种修辞有些戏谑。洛伦佐见我不相信,拿出一卷录影带说:"你不信我也没办法,不过看看这个你就知道了。"

我原以为影像里会出现裸体的意大利美女,心情澎湃,十分期待,可这只是一部画质模糊的自制录像:屋子里,神父正和一个女人对峙。素颜的女人身穿睡衣,说着意大利语,骂骂咧咧,疯疯癫癫。神父正拿着一本《圣经》之类的书诵读,时而挥动一只类似化妆品的小瓶子,将里面的液体泼在女人身上。每次淋到液体,女人就会发出惨烈的呻吟。

"瓶子里装的是圣水。"洛伦佐指着屏幕上的神父介绍说,"这是我的父亲。"

我心想这个父亲真是与众不同,却窘于开口。

"我在这破地方过着随心所欲的风流生活,我父亲却是一位作风老派、受人尊重的神父。"洛伦佐不无自豪地说,"但是别误会,像《驱魔人》那样夸张的对决还是很少见的。平时,他更像个问诊的医生。"

《驱魔人》是一部对我来说非常重要的电影。我曾认为所有的故事都要惩恶扬善,直到看了这部电影。电影里,善良的主角到最后都没有获得胜利,这给了我一种无法言说的震撼。也许有人认为电影的结局暗示了主角的胜利,但我不这么认为。看过《驱魔人Ⅲ》就会明白,神父不仅没有战胜恶魔,反而被恶魔利用。不是不分上下,而是彻底败北。这部电影彻底俘获了我，一有空我就会重温，期望多看几遍以麻痹自我，缓解最初感受到的绝望。

所以我很快发现，洛伦佐播放的录像跟这部电影何其相像。"洛伦佐，你不是在骗我吧？"

"我骗一个日本人有什么好处？又不能让我更受欢迎。你说呢？"

在我的追问下，洛伦佐详细讲述了他父亲的工作。"其实我半信半疑，既无法断定没有恶魔，也无法相信恶魔会附在人身上作恶。"

"可是，你父亲就是驱魔师啊。"我疑惑地问道。

洛伦佐一时语塞。"是啊，我不认为他是骗子。驱魔确实让不少人重获新生，只是我无法完全相信驱魔的力量。后来我试着自己找答案，比如，你听说过安慰剂效应吗？"

老实说，我的意大利语勉强可以日常对话，洛伦佐表达的意思，是我根据他说出的单词、说话的表情和语境推测的。至于理解是否正确，我也没有把握。

不过，关于安慰剂效应，我还是略微了解一些的。简单来说，安慰剂效应就是暗示的效果。把一包普通的淀粉递给患者，告诉对方这是一种有效镇痛的药，患者真的会感到疼痛减轻。先入为主的心理认识影响到生理层面，就是所谓的安慰剂效应。

"这和驱魔是一个道理。先暗示有癔症症状的患者'你被恶魔附身了'，然后搞一些驱魔的仪式。经过驱魔，患者就会感觉自己的症状确实有些好转，是吧？"

我同意这种说法。《驱魔人》里也有相似的解释。"恶魔附身其实就是一种精神疾病吧？"

洛伦佐用力点了点头。"我一开始怀疑，是不是那些人都得了妄想症之类的精神疾病。调查后发现，恶魔附身的状态和精神疾病的表现确实有相似之处。但关于这个问题，神父太过神经质。"

"神经质？"

"他认为如果患者有精神疾病，服药更有效果，驱魔只会起反作用。"

"是这样吗？"

"好像是。恶魔和病魔大不相同，所以神父在驱魔前，必须先排除患者有精神疾病的可能。"

"原来如此。"

"据我推测，被恶魔附身的人多数共情能力强，容易被外界影响，而且爱看神怪电影。"

"看过神怪电影，就会假装自己被恶魔附身吗？"

"他们并没有意识到自己在假装，而是深信自己被恶魔附身。我想他们也许受到了强烈的自我暗示。"

我这才明白，原来洛伦佐对驱魔持怀疑态度。他认可驱魔的功效，却无法相信恶魔附身这种说法。当时，我还没想过自己会跟驱魔师有什么交集，权当在听八卦，但后来想法变了。因为我见到了洛伦佐的父亲。

✝

洛伦佐连哄带骗把我领进了教会，还没等我反应过来，就向他的父亲介绍，说我是一名优秀的日本记者。"你能让他参观驱魔的过程吗？"

我一愣，这是什么不着调的话？但我没法当场戳穿洛伦佐的谎言，只能顺水推舟，坐立不安。"啊……对……我是记者。"看，我就是这么软弱的人。

令我意外的是，洛伦佐的父亲凝视着我，点头答应："可以。下次我有上门工作的时候，你过来就好。"

他竟然就这样轻易地相信了我这个外人！虽然不知道他对我保留了几分，仅是当即答应这件事已令我震惊不已，就连洛伦佐也露出了吃惊的神色。后来他向我坦白："我也没有想到父亲会一口答应。其实，请你亲眼见证驱魔，是想听听你的客观评价。"

"你想让我证明驱魔是假的？"

"我并没有觉得驱魔是假的，只是无法就这样接受世上真有恶魔附身这回事。之前我也说过，驱魔确实有一定的效果。所以，二郎，我想让你帮我查出驱魔的原理和本质。"

从那以后，我就跟着洛伦佐的父亲一同去驱魔的现场。原本只是受洛伦佐之托，打算去上几次就够了，没想到竟跟着去了近二十次。

"看来你已经变成了他的助手。"洛伦佐半开玩笑地说。

我想说"明明是你诱导我进入这个行业的"，但发现其实自己很喜欢跟在洛伦佐父亲身边，旁观驱魔仪式，听他侃侃而谈。与此同时，我和画画渐行渐远。虽然还会去美术馆近距离观赏向往的画作并为之感动，可已经逐渐失去了创作的激情。

"你是不是觉得自己天赋有限？"洛伦佐问。

"我也不知道。只是跟你父亲一起工作以后,我开始觉得不能再浪费时间画画了。"

"什么?"

"世界上那么多无助的人,神父忙都忙不过来,我却熟视无睹,在一边悠闲地画画吗?"

洛伦佐笑了起来。他大概以为我是在开玩笑,但我是认真的。

有一天,洛伦佐的父亲告诉我:"虽然不知道恶魔到底有没有依附在人身上,也不知道驱魔仪式到底有没有用,但不必过于悲观,因为……"

"因为什么?"

"因为能有非亲非故的人为他祈祷,帮助他,想要他好起来,这可不是什么坏事。"

"就算没有效果?"

"对,就算没有效果,也不会有恶果。"

我同意洛伦佐父亲的观点,可以说,听他亲口这么说,我终于松了一口气。每次遇到求救的人,无论如何我都想要帮到他们,结果软弱的我却什么都帮不上,陷入自我憎恶的末路。而现在,我可以告诉自己:想要帮助别人,本身并没有错。

想到这几天的所见所闻,我不由得脱口而出:"神父!"

"怎么了?"

"这几天跟着您工作,知道您是一位满怀仁慈关爱的神父。总会有人在驱魔仪式进程中蔑视、辱骂甚至殴打您,可您还是会事必躬亲。能得到这样一位慈爱神父的鼎力相助,我想他们一定很开心。"

神父会意,说:"你是想说,他们为了引起我的注意,假装被恶魔附身？"

"对。"我点头，"虽然不知道他们在多大程度上有意为之。但我能感觉到，他们对家人对您充满了爱，渴望得到关注。"我想，他们就像为得到亲人朋友的关怀而四处惹是生非的不良少年。

洛伦佐的父亲没有训斥我，也没有嘲笑我，点头说："也许有这么一面吧。自我吹嘘、沽名钓誉、嫉妒、孤独，这些东西本质上可以用一句话表达。"

"一句话？"

"看看我。"

"啊……"

"大家都是这样，不想让人忘记自己的存在。只要有家人或神父替自己操心，就足以得到拯救。不论是名人、学者还是政治家，大家内心深处都有一个声音——'看看我'。但也并非全然如此，有时我们只能相信对方是被恶魔附身。"

果然，我还是同意神父的观点。有时我们只能相信对方是被恶魔附身。

我见过一个失控了的、浑身蛮力的女人，她对着神父不知所云，但无疑透着憎恶。

"那也是一种 SOS 求救信号吧。"我心直口快。

洛伦佐的父亲扬起眉头，好像对我的话很感兴趣。

忽然，一阵响声回荡在我的脑海。嘀嘀嘀、嗒——嗒——嗒——嘀嘀嘀。不是人声，是 SOS 求救信号。

条件反射般，我又想起一个女人问我："你知道 SOS 吗？"苦思冥想了一秒，意识到这个女人就是母亲，不知为何有点失落。

"SOS 就是船舶发出的求救信号哦。"母亲告诉我这番话的时候，还不是现在这样年过花甲，嗜好零食，大大咧咧的。那时她还年轻，在意自己的体形，听到救护车鸣笛还会说出心思细腻的话——"某个地方的某个人在哭泣"。

"哦，就是那个 SOS 啊。"那时我好像还是个小学生。

"用摩斯电码表示的话，特点是三短三长三短。"

"可是 S 和 O 是什么单词的首字母？SOS 是什么的缩写呢？"

"好像只是因为这个电码容易发出和分辨，所以才被采用。"

"搞什么，原来没有内涵啊。"听了她的解释我很失望。大概 SOS 可以是 ABC，也可以是 OOO 呢。

"不过，还有后话哦。"母亲拿起手边的一张餐巾纸，开始在上面写字。

那时我们在一家快餐店。至于为什么我们母子两人在那里，具体又是哪家店，我都已经忘了。但我记得那支笔似乎很难用，母亲在餐巾纸上划了好几下。

"SOS 好像是 Save Our Ship 的缩写。"

"什么意思？"那时我还不懂英语，看到这些字母不禁失去耐性。

"意思就是'救救我们的船'。取首字母就变成了 SOS。"

"救救我们的船？"

"或者是 Save Our Souls。"

救救我们的船——

救救我们的灵魂——

我脑海中充满了这些声音。被"我们的船"搞得心神不宁，我感到胸口一阵瘙痒般疼痛，眼前似乎出现了一艘快要沉没的船，船

69

上的人在挥手呼救。可我只想捂住耳朵。

到处都有喊"我好痛"的人。到处都在发出"救救这艘船吧"的 SOS 求救信号。

这些声音涌入我的耳朵，可我什么都做不了，没有回应 SOS 的能力。视而不见，听而不闻。这样煎熬的时光，我还要过多久？我到底该怎么办？

回忆、经历、抱怨、纠结，我一股脑地倾诉给了洛伦佐的父亲。

"这样啊，"他简洁地回应，"被恶魔附身的人大概也在发出 SOS 求救信号吧。刚才我说人们都有'看看我'的愿望，这两者之间也许有什么联系。"

"什么意思？"

"人们发出 SOS 求救信号，肯定希望被听到。"

"什么意思？"

"你一直苦于无法拯救发出 SOS 求救信号的人。但是，你不觉得能够听到这些信号，就已经是一种拯救了吗？"

✟

在我即将返回日本时，洛伦佐对我说："二郎，我跟你提起驱魔是因为……"

"因为我是日本人吧。所以你才能打开心扉，跟我畅所欲言。"因为我是个终究会离开的外国人，洛伦佐才会给我看他珍贵的录像，告诉我他父亲的驱魔见闻。

"这是一方面,但不是全部。"

"那……还有什么?"

"我觉得你有这样的体质。"

"体质?容易受骗的体质?"

"确实也有这方面的原因吧。"面对我严肃的提问,洛伦佐笑起来,"是吸引落难者的体质。"

"那又是什么?"

"哎呀,也不是吸引,就是觉得你总是能发现需要帮助的人,不是吗?"

"发现需要帮助的人?是指我容易接收到 SOS 求救信号?"

"就是这个!容易接收到 SOS!"洛伦佐像挥舞指挥棒一样挥动着手指。

我本想再解释一下自己的心情,但又不知如何用意大利语表达,只好作罢。

"还有,"洛伦佐继续说,"二郎,你是不是能看见什么东西?"

"什么东西?恶魔吗?"我半开玩笑道。

"和你一起混这么久,不时觉得你能看见我看不见的东西。我们第一次见面也是,你说看见我旁边有一片蝴蝶纷飞的春日原野。"

这么一说我想起来,第一次见到洛伦佐是在一条小巷的咖啡馆,可我看到了一片原野和翩跹的白色蝴蝶。

"那时我压根儿不懂你在说什么,后来才意识到,也许你看到了我的内心世界。"

"内心世界?你当时在想着蝴蝶?"

"不是这个意思。如果你看到的是我的内心活动,我当即就能发现。那时我没有在想蝴蝶,而是在想哪里有好姑娘。"

"这不是你的常态吗?"

"没错,是我的常态。不过,如果把我的状态画成一幅画,是不是可以用寻找花朵的蝴蝶来表现?我的内心深处正是那番景致。"

"所以你是蝴蝶?"洛伦佐也太会美化自己了,我笑了起来,不禁默念洛伦佐所说的内心深处的风景。我从来没想过自己拥有这样的能力。

"其实,语言没有办法表现人的情绪,对吧?所以情绪是无法写出来的。"

"可是小说里经常出现能够读心的超能力。"

"也许吧。不过没人会在心里写下'我现在很生那个男人的气'。人的情绪是一团模糊的东西,无法描写。"

"是吗?"

"是啊,情绪很难用文字描述。如果一定要说,情绪更像是……"

"像什么?"

"像一幅画。"

我忽然想起有种儿童心理疗法就是让孩子画画。画真的可以透露人的内心世界吗?

"也许你能看到别人内心深处的那幅画。"

"我会把它写进简历里。"我自嘲道。

"不过,如果绘画不行,不是还有那个吗?你们国家的重要文化。"

"什么文化?"

"漫画。"

"哦……"

"内心深处的风景也可以是漫画哦。"见我哑口无言,洛伦佐又问,"你真的放弃画画了吗?来意大利不就是为了学画画吗?"

"虽然画画很开心,但是不知怎的,我总质疑这样下去是不是真的好。"世上明明有那么多痛苦的人,我怎么还能在这里悠闲地画画?一旦这个想法开始扎根,我就再也无法拿起画笔。"多谢你父亲这些日子以来的关照。可是,驱魔是否真的管用,恶魔是否真的存在,到最后我也没能找到答案。"

洛伦佐是为了客观判断驱魔这件事,才向神父介绍我的吧。但他对此似乎已经不在乎了。

"这个已经不重要了。"洛伦佐摆摆手,"你觉得神父可以娶妻生子吗?"

"什么意思?"

"那个人不是我的父亲。"

"啊?"

"神父通常是没有孩子的。"

也许从一开始我就会错了意。在意大利语中,"神父"和"父亲"是同一个单词,我把那位神父误认为洛伦佐的父亲。洛伦佐虽然早就察觉了这个误会,但没有澄清,因为正是这样的误会才让我不忍拒绝他的请求。

"为什么你这么想让我见证驱魔的仪式?你和那位神父到底有什么关系?"

"他救过我的母亲。"洛伦佐露出微笑,却咬紧牙根,好像在努力封尘那段过往。就在我暗自疑惑时,他率先开口解释道:"那位神父曾经帮我母亲做过驱魔仪式,持续了好多年。"

"效果如何？"

"不错,母亲恢复了许多。但对驱魔仪式,我一直半信半疑。"

"所以才想让我去调查。"我并没有受骗的感觉。回想起来,神父和洛伦佐的话有许多出入,那时候我只归因于自己的意大利语还不够好。但就像边见姐换了姓氏,我仍习惯称她"边见姐"一样,虽然得知了真相,我还是无法改口,仍旧称神父"洛伦佐的父亲"。洛伦佐自己倒是笑着解围说"没关系,神父是所有人的父亲"。

"也许日本也有被恶魔附身的人,你必须找到他们,为他们驱魔。不过就算我不说,你也一定会这么做的。"

"这是父亲,不对,这是神父说的吗？"

洛伦佐勾起嘴角,露出引以为豪的魅惑笑容。"不,这是我个人的想法。"

"完全没有说服力啊。"我刚说完,就发现洛伦佐背后延展出一片大海。无人的恬静沙滩上,只有一艘等待出发的小船。我揉了揉眼睛,这景色就倏忽不见了。这大概就是洛伦佐所说的内心深处的风景吧。

被洛伦佐言中,回到日本后,我果然开始帮人驱魔。

起因是洛伦佐父亲专程打来的一通越洋电话。"东京有人求助。二郎,你能帮我给他们做驱魔仪式吗？"

我不是正式的驱魔师,只做过助手,不可能独立做下来,于是本能地拒绝了,但一来二去还是答应了。也许内心深处,我是真的想要帮助那些发出 SOS 的落难者、那些被恶魔缠身的人。

后来,一传十十传百,驱魔竟成了我的副业。

另外，虽然并没有决意如此，我还是不再画画了。

✝

去边见姐家拜访的那天，我坐在边见姐车子的副驾驶座上，被问道："空调还行吧？"我在家电量贩店工作，就以为边见姐问我工作上的事，便回答："没关系，今天休息。"边见姐笑道："不是那个啦。我想问你车里空调的温度还行吗？冷，热，正好？"

虽然已经立秋，但残暑正盛，街景在燥热的空气中微微摇晃。车里的空调开得很足，我感到汗腺闭合起来。

前几天去便利店，我已大概掌握边见姐家的位置，其实没必要让边见姐特意来接我。但边见姐坚持这么做，说这是她唯一能做的了。

路上和边见姐聊天时，我得知边见姐的丈夫，即真人的父亲，现在在名古屋出差。他似乎在一家有名的家电厂上班，负责研发。"说不定我卖的空调里就有你先生开发的呢。"我有些兴奋，"真的好厉害啊。"

"有什么厉害的？"

"翻开新产品目录给顾客介绍的时候，我总是感慨，厂家居然可以设计出这么多功能。自动清洁过滤片啦，根据室内温度改变风向啦。这些功能我只会想想，没想到真的可以研发出来，真是不得了。"

"哦……"

"你先生一定是个十分优秀的人。"

"就算再优秀，造出再厉害的空调，无法让儿子幸福，就算不上成功。"

"唉，是啊。"

"我那个记者老爸，工作也很忙，经常不在日本。就算这样，他也比我老公更关心孩子。"

"但是关心也不一定能真的了解。"

"确实，好像有一团迷雾，看不到真实的样子。"

"哦……"我一时不知该如何回应。

"说到这个，真人讲过一件有意思的事。"

"什么事？"

"就是那个，马岛战争。"

"那场英国和阿根廷之间的战争？"我忽然想起便利店合唱团的雁子小姐也提过，说是真人告诉她的。

"对。真人说，那场战争中，英军战机留下了一些奇怪的通讯记录。"

"奇怪的通讯记录？"

"'好大的猴子啊'。"

"啊？"突然听到这样的话，我很惊讶。

边见姐接着说："当时有一条这样的通讯记录，飞行员用惊恐的语气说'好大的猴子啊'。"

"好大的猴子是什么？"

"有传言说，马岛战争其实是为了打倒一只发狂的巨猴。"

"啊？"这话听起来未免太过幼稚。

"真人说，政府隐瞒了真相，对外宣称是一场战争。"

"也不是没有这个可能。"人们经常会为了掩盖事实，故意捏造出更耸人听闻的事情。用战争当幌子，确实很有一套。

"真人就喜欢这些。他还说，发生在俄罗斯的通古斯大爆炸不是陨石坠落引发的，而是另有原因。总而言之，不在场的人永远不知道现场到底发生了什么。"

"这样啊。"

"真人内心深处的变化，也许和那些故事的结论有相同之处。"

听到"内心深处"这个词，我不由得想起洛伦佐的话：二郎也许能看到人们内心深处的风景。

"那个，站在母亲的角度来看，真人在成为蛰居族之前是个怎样的孩子？"我假装闲谈，想套点有用的信息。

"没什么特别的，每天老老实实上学，成绩也还可以。"

"体育怎么样？"

"不太擅长球类运动，不过跑步不慢，小学时还被选去参加接力赛呢。"边见姐的回答更像在为儿子的缺点辩护。

"朋友多吗？"

"反正过年都能收到很多贺卡。"

我不知道她说的是哪一年的事。

"真人以前喜欢做菜？"我随口问道。真人高中毕业后进入一所厨师学校，可没过多久就退学了。

"这孩子特别乖，喜欢做菜给别人吃，给大家带去欢乐。他还喜欢读书，读过很多晦涩的书，也喜欢看国外的纪录片，应该对国际性的工作很感兴趣吧。"

"这是真人自己说的吗？"

"那倒不是。不过这些我还是了解的，毕竟我们是母子。"

我是家长，我懂自己的孩子。

洛伦佐父亲曾提醒我："如果遇到这种自信满满的家长，一定要多加注意。无条件断言自己懂孩子，就意味着完全不懂。因为他们不会怀疑自己的判断。"

对此我深表赞同。

四处为人驱魔时，我经常遇到这样的家长。刚开始他们会说："这孩子才不会做出这么恶毒的事、说出这么过分的话，我是最懂他的，一定是有什么坏东西附在他身上了。"没过几天，他们就会恨恨地哀叹："我一点都不懂这孩子了。我花那么多心血培养他，为什么会变成这样？"

轻易下判断的人，往往会因为一点小插曲就完全改变立场。

"那做家长的该怎么办呢？"

面对我的思考，洛伦佐父亲的面部肌肉舒展开来。"'虽然我不懂这孩子，但我想去了解。'如果能这么想，就足够了。"

我把目光从副驾驶座旁的车窗移到坐在驾驶座的边见姐身上。"你还是问一下比较好。"

"问什么？"

"真人想去厨师学校的理由。边见姐以为自己很了解真人，但不要自顾自地推测真人的想法，要直接去问他。"

"特意去问一个我知道答案的问题？"

"特意去问，就算你知道答案。重要的是沟通。"

边见姐踩下刹车。前方的信号灯正好变红。我们停在一辆白色小货车后面。"我们有过沟通。"

我立刻开始反省。因为边见姐看起来快要发火了。

和亲手养育的儿子在同一屋檐下生活了二十多年,竟然被一个外人插嘴,当然会不高兴。我十分理解边见姐的心情。如果我是她,也会生气。但就把话题停在这里,反而更奇怪。

"如果不开口,对方就永远无法理解你的心情。如果不去交流沟通,互相生气,一味揣测为什么对方不能理解,会不会是误会了,关系恶化的过程就会像滚雪球一样。"

"这是驱魔指导手册上写的吗?"

"不是,是离婚调解书上说的。"

曾经有一对闹离婚的夫妻找我驱魔。我出力不讨好,落得两头受气。让他们破镜重圆比给他们的女儿驱魔难多了。我读了几本书参考,最后只明白一件事,那就是夫妻之间的问题就连当事人也无法理解。

"夫妻关系恶化有个规律,先是沟通减少,接着不管对方做什么都觉得碍眼,一定要唱反调,最后彻底完蛋。所以我觉得你应该和真人好好谈一谈。"

"就算没法谈也要硬谈吗?心理咨询师说过,千万不要和真人说起刺激性话题。我哪知道什么是刺激性话题,最后只能聊聊天气了呗。"

"聊天气也不错。"我真心这么觉得,"天气是最轻松的话题。"今天好像挺热的,今天好像会下雪哦,这些话最适合用来打招呼。

"可是真人不回应我。"

"就算没有回应,也要继续跟他聊下去。"

"真的吗？"边见姐的神情仿佛学生在向老师寻求正确答案。

我急忙回答："我也不知道。"

"这样啊。"这次她没有生气。

"但我想象过自己待在昏暗的房间里不出门，有人在门口跟我说'今天天气很好哦'的场景。"

"你会高兴吗？"

"我会很郁闷。"我不禁笑出声，"可如果连这种烦躁都没有，就只剩孤独了。如果有人能定期在门的另一边跟我说话，我一定会感到安心。"

我又想起洛伦佐父亲的话。"虽然不能确定恶魔附身是真的，但有一件事是肯定的——不可让他们孤身一人。"

是的，千万不能放弃。

✟

汽车从商店街那侧驶过。只见一个男孩双手牵着父母，双脚腾空，像坐秋千一样荡来荡去。男孩穿着水蓝色衬衫和红色裤子，看起来像一身正装，可爱至极。看见他那张相信世界的稚嫩面孔，我不禁松了一口气。那孩子没有哭闹，至少没有发出 SOS。

一刹那，男孩的背影开始扭曲，逐渐变作室内的景象。

桌子倾斜，椅子飘浮在半空，书册像是粘在了天花板上，爆米花四处飘洒。

一只茶褐相间的虎纹猫跳跃在空中。

房间中央，那个穿红裤子的男孩倾斜着身体浮在空中。

这如同失去重力的景象，也许就是男孩内心深处的风景。

这是一种自由操纵空间的全能感。

我推测，眼前这个被父母紧紧牵着的男孩没有丝毫不安，心里十分满足。只要他愿意，就能在自己的内心深处扭转空间、指挥万物，周身充满了这种全能的力量。

看到这个孩子的世界里充满未知的可能性，我感到一阵兴奋的眩晕。我晃了晃脑袋，把意识收回车里。

"我稍微查了下蛰居族，当然只是浏览了一些相关报道和书。"

"哦？"边见姐眯起双眼，"二郎，说来说去，你还是答应帮我了？"

我本就不擅长拒绝，无法断然否定，而且我早有预感会被卷进去。"有个现象虽然不能称之为有趣……但驱魔的对象大多是女性。"

"你是指被恶魔附身的人？"

"是的，甚至因此出现了魔女狩猎的现象，恶魔好像倾向于附在女性身上。"

当时跟着洛伦佐父亲出去驱魔，我注意到了这一点。被恶魔附身的，几乎都是年轻女子。

起先我想，会不会是女性容易患某种特定的精神失落症，症状恰好和恶魔附身相似。

"与此相对，蛰居族几乎都是男性，且长男居多。"

"有什么原因吗？"

"众说纷纭。有人说恶魔是男人，所以附身的对象必须是女人；有人说因为男人经不起女人的诱惑，恶魔便利用附身的女人去引诱男人；还有人说恶魔要与神父对决，而神父都是男人，恶魔就需要挑女人去对抗……"

"出轨的男人面对妻子的质问，很多都会声称'都怪那个女人像恶魔一样诱惑我'，把责任完全推给出轨对象。"

"是啊，都说狐狸精是女人，没听说过男狐狸精。"

"不过倒是有奸夫这种说法。"

"出轨的男人责怪出轨对象是恶魔，就像防守能力弱的球队大量失分后，找借口责怪对手攻势太猛。"

也许是我的比喻太过抽象难以理解，边见姐只是"哼"了一声。

"那为什么蛰居族大多是男性呢？"

我诚实地回答"不知道"。前几天读到一本书，书上写着"男人被要求扮演更多社会角色，因此精神压力大于女人"。我并不认同这一说法。

当然，这的确是一个理由，但绝不是唯一的理由。或许"母子关系"和"母女关系"也有所不同。

男人更容易有恋母情结，但我并不认为是溺爱或偏爱所致。

我向边见姐坦白，前几天自己去调查过真人常去的便利店。"有一群人经常在那里的停车场练习唱歌，你知道吗？"

起初边见姐似乎有点疑惑，但很快就反应过来。"哦，你是说那群人啊。他们经常在晚上唱歌。"边见姐好像对他们没什么好感。

"是的。"

"太扰民了。居民去找店长抗议过，但没有下文。毕竟做生意不好得罪客人，是吧？"

我无法明说——其实店长自己也在唱。

"那些人和真人有过接触吗？"我明知故问。

边见姐犹疑半晌，似乎在揣测我这个问题的用意。"只是在便利店打过照面，没什么交流吧。"

"你问过真人吗？"

"不用问我也知道。"

"也是。"我附和着，回忆起雁子小姐的话。

✝

前几天我遇见雁子小姐时，关于真人，她记得很清楚。"最近都没有见过他。他还好吗？"这明显是担心朋友的口吻，他们一定有过交流。

"除了诺查丹玛斯的预言，你们还聊过什么吗？他是个什么样的孩子？"

"嗯……是个好孩子。"雁子小姐笑着回答。

"好孩子？"

"看起来有些阴沉，但挺感性的。"

"感性……"我像个机器人重复着雁子小姐的话，不过她并不在意。

"比如说，真人要搭山手线去上学。"

"哦，你想说那个秋叶原老奶奶的事吧？"一旁的金子店长打了个响指，"我也记得真人说过这事呢。"

故事是这样的。

一天早晨，真人搭乘山手线，站在电车内抓着吊环望向车门旁边的广告。

车内并不拥挤，但也没有什么空座。

临近上野站时，一个声音传来："坐这趟车能到秋叶原吗？"

真人扭头一看，发现是个驼背的老奶奶，只见她吃力地抱着一只巨大的背包，正在向几个初中生问路。

其中有人刚想回答，就被一个戴眼镜、看上去十分机灵的男生抢先，只听他温柔地说道："您坐错了，要乘反方向的那趟车才能到。"话音刚落，上野站就到了，电车开启了车门。

"哎呀，真是谢谢啦。"老奶奶说着，就在这一站下了车。

那时正值盛夏，车厢外艳阳高照。老奶奶刚踏上站台，额头便很快渗出一层汗珠。

真人疑惑不已。这趟车明明可以到秋叶原，他们为什么要骗老奶奶？

真人看向那群初中生，只见他们正兴奋地讨论。"你干吗骗人？""这有什么大不了的。那个老奶奶晕头转向的，我说要坐反方向的车，她还真信了。""反方向那趟车，要坐很久才能到秋叶原吧。你可真够坏的。""天气这么热，她估计够呛。"

真人心中涌起一股难以言说的愤怒。

对那几个初中生来说，这只是个小小的恶作剧，但受罪的可是老奶奶，她也许正在炎热的上野站不知所措。

"但真人没勇气指责他们，"雁子小姐说道，"也没办法回上野站去帮老奶奶。愤怒和负罪感堵在他的心头，让他烦躁不堪。心思这么细腻，不就说明真人是个感性的孩子吗？"

我附和着，不禁对未曾谋面的真人心生好感。有人遇到困难，想帮却帮不了，我了解那种深深的无力感。

"这是真人亲口说的吗？你们还有过这种交流？"我无法想象蛰居族会和家人以外的人交流。

"偶尔还是有交流的。"

周围的合唱团成员们频频点头。

"但真人基本不说话，比较阴沉。"有爽朗的笑声加持，金子店长的话并没有让人感到不快。

"二郎真君，你是真人的朋友？"雁子小姐指向我，"你们什么关系？"

"二郎真君到底是什么意思？你从刚才开始就这么叫我。"

"哎呀，你没读过《西游记》吗？"

"《西游记》？有孙悟空那个？"

"还有别的《西游记》吗？"雁子小姐看向团员们，摆出一脸难以置信的表情，"《西游记》里有个二郎真君，他还牵着条狗。"

"孙悟空起初闹得天翻地覆，制服住孙悟空的，就是二郎真君。"金子店长说。

夜色昏沉。雁子小姐那双厚唇缓缓蠕动："我喜欢那个还没被压在五指山下的孙悟空，不喜欢那个被唐三藏救出去西天取经的孙悟空。孙悟空大闹天宫，闯下大祸，可那时候的他多痛快。去西天取经的孙悟空好像完全换了一个人，啊不，换了一只猴。"

我坐在边见姐的车里，回忆着雁子小姐等人的话。如此看来，边见姐一定没听说过秋叶原老奶奶的事。

多的是母亲不知道的事。

猴子的故事

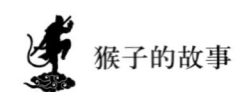

接着上回讲。今儿个是第几回了？

各位倒也都是好事之人，承蒙赏光。

上回讲到，五十岚真道别总务部部长牛魔王，前往资产管理科拜访。

迎接五十岚真的，是一个大耳朵男人，他是资产管理科科长。

科长四十六七岁，面颊消瘦，加上理得干干净净的光头，仿佛是位正在修行的僧侣。"我们的系统服务，就是贵公司提供的吧。"光头科长看了眼五十岚真的名片，指向自己的背后，"我的部下们就在使用这套系统。"

他带五十岚真在资产管理科角落的会议桌旁坐下。室内没有隔断，只消抬头，全科室的风光一览无余。

不远处有约莫五十名员工。所有人都坐在桌前，面对电脑。主机降温风扇的声音嗡嗡回荡。大家在忙着联络顾客买卖股票，但都从余光里注意到了五十岚真这个外人。

"听到了吗?"光头科长问。

"听到了。"五十岚真点了点头。

——喂,那个男人是来调查那件事的吗?都过去十天了,现在来还有意义吗?

——为什么非要叫一个外人来调查?

五十岚真听到了这些窃窃私语。虽然没有真的说出口,但他们心里一定正在这么想。

——那个白面四眼书生能查出什么来?喂,你们看他像不像冷血的官僚走狗?

五十岚真的脑海里挤满了这些声音。

"听到敲击键盘的声音了吗?这就是我们操作贵公司系统的声音。"

原来光头科长问的是这回事。

五十岚真只好眨眨眼睛说:"这样啊。"

"要让我来说的话,"光头科长说,"没必要特地调查。原因明摆着嘛。"

"您可以讲讲是什么原因吗?"五十岚真真诚地发问。如果光头科长一针见血地道破原因,自己就可以提前结束工作,返回公司。虽然桑原系统公司也不是什么让人归心似箭的好地方,但回去总比待在这个陌生的证券公司强。

"这还用说?原因就是田中彻输入错误嘛。我的部下田中彻不小心把数字输错了,他的粗心大意就是全部原因,仅此而已。"

"人都会犯错,问题是为什么会犯错。粗心大意能否构成原因,还要再说。"

"就算查明了出错的原因，还要查明原因的原因，原因的原因的原因，什么时候才是尽头？一直像个孩子一样嘟囔'为什么'，没有任何意义。五十岚先生应该懂这个道理吧？"

"但查明原因的原因还是有必要的。"

"比如这次事件吧，发错订单造成巨额损失，罪魁祸首就是输错数字的田中彻。现在凶手已经抓到了，只有电视台和周刊杂志才会执着于调查凶手为什么这么做。调查这些有意义吗？"

"警察也会调查凶手的动机。"

"粗心大意没有动机，只需要道歉和反省，仅此而已。"

"不，杜绝粗心太难。粗心大意宽大处理，违反纪律严肃惩治，这才是基本方针。"

"我的部下田中彻接到客户的委托，售卖火焰山股份有限公司的股票，不小心犯了错，仅此而已。他当时操作的可是贵公司开发的系统。田中彻本来应该在股票数的输入框里输入'1'，在股票价格的输入框里输入'500000'，但他弄反了，股票数输成了'500000'，股票价格输成了'1'。这就是全部真相。"

五十岚真发现光头科长总把"仅此而已""这就是全部真相"挂在嘴边。而无论什么事，一个人能掌握的事实总是有限的，没有人可以轻易断言"这就是全部真相"。说出这种话的人多半并不知道全部真相，只是误以为自己知道罢了。

"稍后我想和田中彻先生聊一聊。"

"总务部部长没有告诉你吗？田中彻已经五天没来上班了。"

"他病了吗？"

"五十岚先生，你不是在找茬吧？"

"不是。"

"他害公司损失惨重啊。"

"二十分钟之内损失了三百亿日元,我知道。"

"那还只是估算。一个把公司害得这么惨的员工,怎么敢再来上班?"光头科长面色不改,语气却明摆着在奚落五十岚真怎么连这个都不懂。

"田中先生不来上班,是因为自责而精神低落,还是因为害怕公司里的流言蜚语?"

光头科长没有回答,只是说:"五十岚先生,你可真喜欢刨根问底。"

"那我可以和田中彻先生取得联系吗?"

总务部的牛魔王部长提供的员工简历里,登记着员工的家庭住址和电话号码,按理说可以联络到本人。有没有得到他直属上司光头科长的同意都无所谓,但五十岚真想试探对方的反应,故意抛出这个问题。

光头科长仍旧镇定地说道:"没问题。田中彻现在可能很失落不安,也有一定的负罪感,但他可不会被抑郁打倒。他就是这种缺心眼的人,要不然怎么总犯这种错误。"

"总犯这种错误?以前也犯过吗?"

终于,光头科长的神色发生了变化,只见他的面部肌肉微微抽动,透露出说错话的悔恨。

正在这时,一个声音传来:"打扰了,科长。"一个年轻人出现在光头科长身后。

"失陪。"光头科长起身离席。

年轻人烫着一头卷发,弓着背向科长小声嘀咕着什么。五十岚真注意到,光头科长的表情忽然紧绷了。不是愤怒,也不是悲伤,只是目光变得冷峻。虽然只有短短一瞬,但因为光头科长一直摆着张扑克脸,所以很容易捕捉到这细微的变化。那表情还带着些许轻蔑。弓着背的部下频频点头,听罢科长的指示便离开了。

"不好意思,我们继续。"光头科长道歉,回到座位,"最近的年轻员工动不动就来请示,不仅是客户委托的事情,就连下周出差预定的列车席位这点小事也要来烦我,没主见。"

"不过事前确认总可以防止失误。"

"我总是担心他们会丧失判断力。"

五十岚真对此并不认同,但没有再反驳。当务之急是回归正题。"田中彻先生以前也犯过什么错误吗?"

"确实犯过类似的错误。他向总务部申请了一百个完全不需要的纸箱。"

"一百个纸箱?"这回答出乎五十岚真的意料。

"为什么会犯这样的错误?"

"也算下错订单吧。那次我找到田中彻,让他有空时替我跟总务部申请一百根网线备用。"

"他写错申请表了?"

"他弄错了编号。"

"编号？"

"申请表上需要填写所需物品的编号、数量、使用理由和希望到货日期。田中彻把网线的编号写成了纸箱的编号。"

"因为这两个编号很相似？"

"你很懂嘛。"

"能发生这种情况，就说明编号很可能相似。你们什么时候发现他弄错的？"

"货送到了，我们才发现。"光头科长严肃地说，"总务部推着一辆大推车，送来一百个折好的纸箱。田中彻脸都白了。大家都能看出那不是网线。"

"总务部当时不觉得奇怪吗？一般没人会申请一百个纸箱吧。"

光头科长面无表情，叹口气道："五十岚先生，你真的很喜欢打破砂锅问到底。"

"这就是我的工作。不过任谁都会产生这个疑问，毕竟普通员工申请一百个纸箱确实很奇怪。"

"对啊，到底怎么回事呢？这个只能去问总务部的设备管理负责人了。"光头科长泰然自若，但明显想要结束这场对话。

嘿，你们今天可算来着了，我悄悄告诉你们事情的真相。

设备管理负责人收到一百个纸箱的申请时，确实心生疑惑：为什么需要这么多纸箱呢？必须找提出申请的部门确认一下。

他拿起电话，刚准备查内线号码，就因为别的事被上司叫了出去。

上司的语气听起来比以往严厉许多，他一紧张，就把纸箱的事忘得一干二净了。与上司的谈话并不愉快，末了，上司还交给他一项紧急任务。

回到办公桌前,他又想起了纸箱的事,但已没有心情去深究。接着他想到最近确实有个部门要进行小规模搬迁,估计会用到这些纸箱,便批准了这项申请。

至此,一百个纸箱的申请顺利通过。

听好了,大多数失败源自"应该不会错""一定是这样"的自我安慰。大家都害怕犯错,因为过于害怕,只好抓住任何一根可能的稻草。因此,大家会忽视"可怕的结果",为了让自己安心,就随意编造一些理由说服自己。

"田中彻就是这种爱犯错的人。"

"那一百个纸箱怎么办呢?"

"田中彻拿回家了。"

"拿回家?"五十岚真不免吃了一惊。

"敝公司社长观念比较老旧,总是教育我们忍耐、坚持,自己犯的错要负责和解决。"

"田中先生是怎么把一百个纸箱搬回家的?"

"应该是放进纸箱里搬回去的吧。"

五十岚真一脸认真地记下了光头科长的话。

"你这人也太较真了吧。"光头科长无奈地说道。五十岚真抬起头,发现科长的耳朵向上耸起,变得比刚才更大,瞳孔还透出深绿色的光。

只见科长抬起指尖,唰的一声,五十岚真感觉衬衫领口一松,发现领带早已被解开,缠在自己的脑袋上。

怎么又是这个把戏?五十岚真疑惑不解。

离开菩萨证券所在的大厦，五十岚真乘坐地铁回到公司。办公室鸦雀无声，上司和同事都不在。

大家约好为工作调动的同事举办欢送会，唯独没有通知五十岚真。虽说五十岚真不胜酒力，每次参加聚会都以茶代酒，沉默寡言，闹腾不起来，可好歹是公司内部的活动，怎么可以连通知都不通知一声呢？

这就是五十岚真所处的职场环境。

多么可悲的男人啊。怎么样，他的故事是不是催人泪下？

不过这都是旁观者的感想，五十岚真本人倒是一点都不在意。

空荡荡的办公室里，五十岚真翻开了资料。他打开电脑，查阅菩萨证券所用系统的产品设计说明。

菩萨证券想把二十分钟损失三百亿日元的责任归咎到田中彻一个人头上或系统上。

人们总是难以承认自己的错误。参加这项工作后，五十岚真深刻地认识到这一点。这种对错误的反应超越了性格和年龄，是人的本能。像我这样的人，不可能犯那样的错——五十岚真察觉到，错误就出自这种矛盾的心理。

翻阅完资料，从公司来到离家最近的车站时，已是夜里十点半。

走出车站，夜空中到处是灰色的云影。马上要下雨了，五十岚真抬起手掌，确认有没有雨点落下。

十字路口异常寂静。四周没有人影，汽车也不见踪迹。世界好像停止了运转，凝固在此刻。电线杆、天空、柏油马路和楼房都笼罩在阴影之中，只能通过阴影的深浅揣测它们大概的形状。但这点夜色不足以使五十岚真感到不安。

忽然，一阵脚步声传来。

五十岚真转身望去，右边有几个人影在缓缓靠近。

黑影在空气中弥漫出紧张的氛围，五十岚真定睛一看，不过是一个穿着西装的男人、一个女人和一个十岁左右的男孩，像一家三口。

男人提着塑料袋，应该刚从便利店回来。虽然这个时间外出对小学生来说晚了些，不过有父母陪在身边，也就没什么可担心的。五十岚真心想，嗯，这不算什么异常。

这时的五十岚真也无意识地忽视了"可怕的结果"，为了让自己安心，故意找理由说服了自己。

但很快，五十岚真发现有些不对劲。

最先映入他眼帘的，是在昏暗中格外显眼的白色三角巾。男孩的左臂裹着三角巾，好像是骨折了，上面还包着绷带。

然后，五十岚真听到西装男人凶狠的咒骂："磨蹭什么？赶紧走！"这声音了无温存，不像父亲在训斥孩子。

男人看起来比五十岚真年长，有五十多岁，在公司里这年纪大概能混上个管理职位。

那女人也很奇怪。她的左眼肿胀淤青，走起路来踉踉跄跄，鞋子都快要掉了。五十岚真不由自主看向女人的双脚，她的脚腕像两根干枯细弱的树枝，似乎轻轻一戳就会折断。

"啊！"忽然，一声微弱的惊叫连同肉体与地面摩擦的声音痛切地传来。原来是男孩向前仆倒摔了一跤。不知为何，连续传来的还有一阵锁链的撞击声。男孩左手被吊起，摔倒的时候缺少支撑，整个身体撞在了人行道上，脸擦到了地面。男孩放声哀号，看样子一定已经疼到骨头里了。

许久，看似是父亲的男人才发现男孩摔倒。"磨磨蹭蹭，哭哭啼啼，光看着你我就心烦！"男人好像并不在意已站在他们附近的五十岚真，大骂道。

男孩本想用右手撑起身体，腹部却挨了男人一脚。又是一阵锁链的寒响。

一旁的女人没有要帮男孩的意思，这让五十岚真怀疑眼前的一切并非现实。而那女人的脸上竟布满伤痕。

男孩费尽力气站起身来，他的脸上同样伤痕累累，左脸更甚，像是含着块糖一样高高鼓起。他俩拖着沉重的步伐，缓缓从五十岚真面前走过。五十岚真猛然发现，女人和男孩的脖子上竟然拴着狗项圈一样的东西！

为什么戴着项圈？这到底是怎么回事？

突然，左侧车道急速驶来一辆大型汽车，前车灯照亮了锁链。那个男人像遛狗一样遛人？五十岚真感到一阵眩晕。

女人和男孩暮气沉沉，被牵着跟在男人后面。

95

一个满脸黑青、浑身伤痕的女人,一个左腕吊着、拴着项圈的男孩,一个粗声戾气的男人……这些要素全都指向了暴力统治。五十岚真脑海中浮现出"家庭暴力"这四个字。

"看什么看!"西装男在走远前停下脚步,扭过头,像训斥部下一样朝五十岚真大吼。"这孩子和女人走不好路,万一冲到马路上被汽车撞到就坏了。我加锁链是在保护他们。"男人做贼心虚地解释起来,说完转过身继续向前走。

五十岚真望了望回家的方向,怎么也放心不下,不禁又朝他们投去目光。

正好男孩也回过头,只见他面庞肿胀,嘴巴正做着口型。虽然没有声音,但那绝对是——

"救。命。"

男孩无言的呐喊撼动了五十岚真,他顿时丧失了往常的冷静。

此时,五十岚真的脑海中有两个声音在辩论。一个说:"快去救那男孩!"另一个则问:"怎样才能救他?"

毫无疑问,那是一起暴力事件。

"男人殴打虐待女人和男孩,还用项圈拴着他们。你没看见女人那瘦骨嶙峋的脚腕吗?你没看见男孩那包扎着的左手吗?那个男人剥夺了他们的自由!"

"不会有这种事的!"另一个声音立即反驳。

那个男人西装革履,看起来是个正经的公司职员。就算冒冒失失地跟上去问"这项圈是怎么回事,他们脸上为什么有伤,你是不是虐待他们",若是对方坚持"我没有动手,锁链是为了保护他们不会冲到马路上被汽车撞飞",又该怎么办呢?

五十岚真竟在寻找说服自己不要行动的理由。

就这样，五十岚真站在原地自问自答，目送着三人逐渐远去。

忽然，四周升起一团浓雾，冰冷潮湿的气息抚摩着五十岚真的肌肤，笼罩住他的视野。浓雾包裹起夜的寂静，也逐渐吞噬了三个人的身影。

要问清楚到底是怎么回事！五十岚真终于下定决心。

真是了不起。他迈出了第一步，可马上停下脚步。消极的自己站出来说："就算追上去也没用。"

就在这时，你们猜怎么着？

空中划过一道黑影。

定睛一看，原来是一团黑烟，就像平时排气孔或烟囱里冒出的那种黑烟。

烟雾通常会静静升空随即消失。可这团黑烟不仅没有消失，反而缓缓降落到地面。虽说是一团烟，却有着清晰的轮廓，好像一小团云朵。

对，就是云朵。那是一小团结实且富有质感的云朵，飘浮在五十岚真面前的电线杆附近。

一个昂首挺胸的少年踩着云朵。

不，那可不是少年，是一只猴子。

奇怪吗？惊讶吗？别着急，好好想象这个画面。云朵载着猴子轻轻飘来，完美地绕开电线，顺畅降落。

忽然，五十岚真周围飘来一股腥臭，说不清是汗水还是尿液的酸臭，混合着晒干的毛毯才有的温暖气味。五十岚真被这股野兽的气息熏得发怵。

云朵沿着看不见的滑梯缓缓降落，上面的猴子像在冲浪，十分潇洒。就在云朵快撞上人行道时，猴子从上面跳了下来，向前翻个跟头，手掌撑地倒立，腾空回旋几圈，终于双脚落地。

　　猴子握着一根短棍，轻轻吹气，那棍便悄无声息地伸长，变成一根晾衣杆大小的长棍。猴子轻巧地耍弄长棍，将夜晚的空气充分搅拌。五十岚真还没回过神，那长棍竟已朝刚才那个粗暴男人的后背狠狠击去。

　　男人向前跌倒。不，应该说是被击飞了好几米。锁链脱手掉落在地面，发出叮当的声响。

　　男人满脸擦伤，缓缓爬起身，质问道："你小子是谁？"

　　五十岚真在一旁被这猴子吓得战栗不已。

　　猴子举起长棍，帅气地亮相道："老孙乃东胜神洲傲来国花果山水帘洞主人——"猴子不顾目瞪口呆的男人和看傻眼的五十岚真，径自继续，"美猴王、齐天大圣、孙悟空是也！"

　　从天而降的孙悟空打败了这个家暴男。就是这么回事。你们信吗？

　　嗨，我就知道你们不信。

　　也罢，你们不信就当这是假的呗。

　　孙悟空没有出现在东京的夜晚。家暴男也没有被如意棒打飞。五十岚真只是呆站在原地，看着那三人最后坐上私家车彻底消失，只剩下岿然不动的寂静夜色。你们不就喜欢这种俗套的故事吗？

　　随便你们，爱选哪个选哪个。

　　五十岚真就这样度过了调查本次事故的第一天。接下来他要去会会那个传说中的田中彻。

　　咱们且听下回分解。

我的故事

边见姐的家是独院住宅，在这片街区里显得十分气派，配有高级的车库和宽敞的庭院。

我没见过什么世面，单是看到这场景就连连感叹这真是个富裕的家庭。

"最近没怎么打理，长了许多杂草。"边见姐略显尴尬地指向庭院。我这才发现，庭院里的草坪参差不齐，有的看似是杂草，其实是在角落里伸展的尖尖的绿叶，雄踞一方。

边见姐打开玄关的门，对我说"进来吧"，径自走了进去。

我不由得屏气凝神。去别人家里驱魔时，打开门走进去的一瞬间往往是我最紧张的时刻。

这时，一只苍蝇迎面飞来。这只苍蝇从屋子深处沿走廊飞了过来，在刚进门的我面前转了个向，掠过我的鼻尖。好久没见过苍蝇了，我挥手驱赶，没想到手背碰巧击中了苍蝇。我害怕伤及无辜的小生命，连忙抽回手。这苍蝇倒也没有被我击落，只是停在了墙壁上。

走廊尽头的右侧是通向二层的楼梯，左侧应该就是客厅。"过来吧。"边见姐在前面招呼我。没想到刚才那只苍蝇从我身后追了上来，从我脸旁振翅嗡嗡飞过。我仿佛听到"喂"的一声，不禁吓了一跳。

"这边请。"边见姐半个身子已经探进客厅，回头朝我招手。

我的余光瞥见苍蝇急速飞上楼梯，消失不见。我有些恍惚，不敢肯定到底有没有看到苍蝇。

"眼睛还好吧？"看到我揉眼，边见姐问道。

"啊，没事。"我回答。

"大概半年前，我也觉得右眼特别疼，真是难受。"

"现在好了吗？"

"好了。当时去医院也查不出原因，医生告诉我可能是心因性症状。"

"光给出个心因性的诊断，病人会更苦恼吧。"

"就是说啊。"

我面对边见姐，在餐厅椅子上坐下。

"你准备怎么做？"

我知道边见姐问的是驱魔流程，回答道："因人而异。"有时候我会直接走进孩子的房间，有时候我只和父母交流，也有时候孩子会自己走出房间对我破口大骂。"真人的房间在楼上？"

"对，正对楼梯的那间就是。"边见姐指着天花板说。她的面容已经有了衰老的迹象，皮肤干燥，暗斑密布，眼袋黑青，比刚才那荒芜的庭院更欠打理。

"有一点可以肯定，真人现在一定很在意我们的情况。"

"在意我们的情况？"

"我去病人家里驱魔时发现，那些被附身的人，当然还不能确定是被附身，他们都特别在意外面的情况。虽然躲在房间里不愿与人交流，但他们对家人的一言一行都十分敏感。"我读过一些关于蛰居族的书，里面也有类似的说法。他们虽然躲在房间里，却十分关注家人的动向。"真人也许很在意你带进来的是谁。你跟他介绍过我吗？"

"我只是说有什么问题可以找你聊聊，没说你会驱魔。"

这么模棱两可的介绍，一定让真人坐立不安。他肯定在慌张地琢磨，那个人到底在和母亲说什么？是医生还是心理咨询师？说不定他还会怀疑我是间谍或杀手。除此之外，也许他还会有这样的心理活动：反正母亲这次会像往常一样白费力气，铩羽而归。

边见姐看起来疲惫困倦，可仍旧为了儿子四处奔波。她也许是因为求医无门，才抓住我这根最后的稻草。可以想象，迄今为止她经历过多少次失败。

而真人大概也习惯了失败。只不过看了一些蛰居族的相关节目和报道，母亲就想一出是一出地拿来实验，实在痴傻。

孩子就是在这个过程中，渐渐反感父母的行为。

但是我想，失望是因为有过期望。

孩子其实一直期望父母从无望的沼泽里救出自己，所以才会失望。

我望向那块上面就是真人房间的天花板。边见姐像是注意到了我的视线，说："最近真人一句话都不说。我只能单方面在门的这边跟他讲话。"

"对话很重要,就算没有回应也不能放弃。"

"真人平时紧锁房门,只有心情好的时候会开门,但什么话都不说。就算开口,也都是些莫名其妙的话。"

"比如说?"

"炸弹气旋什么的。"

"炸弹气旋?"

"虽然不太清楚,但我想他可能是从天气预报里学来的吧。"

"他怎么吃饭呢?"

"我把饭菜端到门口,他自己拿进房间。"边见姐说完颦蹙眉头,忍着泪水,"真是典型的蛰居族啊,是不是很好笑?把饭菜放在门口,孩子吃完再把碗筷送出来,跟狱警和囚犯似的。也不知道谁是真正的囚犯。不过狱警和囚犯好歹还会互相说话啊。"

"真人没有主动说过什么吗?"

"有时候会问我剪刀在哪儿,记号笔在哪儿什么的。唉,那时候我们之间还有交流呢。"

"原来如此。"

"那时候他还会跟我说,'我说怎么找不到这支笔,原来藏在靠垫里'。"

"那是怎么回事?"

"当时真人想找一支笔却怎么也找不到,最后在房间角落的靠垫里翻了出来。"

"靠垫里面?"

"说是拉开靠垫的拉链,发现笔就在那里面。"

我想起书里的一段话:精神病患和蛰居族最大的区别,在于是否关注他人。蛰居族虽然拒绝与人交流，但十分在意父母的一言一行。相反，如果是精神病患，则对他人毫无兴趣。

书上说，如果父母从门口塞进一封信，蛰居族会仔细阅读，后者则不会。

忽然，一抹黑影在我的视野角落闪现，好像是有谁站在一旁。顺势望去，我倒吸一口凉气。我以为自己眼花，故意扭过头，过了一会儿又忍不住扭回去。这下，我倒吸了第二口凉气。

客厅连接走廊的门边，站着一只猴子。对，一只猴子。

猴子两脚直立，大约有一百七十厘米高，腰杆笔直，双目炯炯，鼻子朝天，硕大的嘴巴里翻出牙龈，一身绒毛散发着炫目的光芒。

他那似人非人的模样瘆人至极，身上散发着野生动物独有的天真与残暴，当中还夹有一丝知性，而那双浑圆的眼睛又带着质朴的少年气。他把手放在大耳朵旁示意——我能听到你们在说什么哟。

✠

"二郎，你怎么了？"边见姐问道。

我猛然惊醒，晃晃脑袋，指着门口说："有猴子。"可现在那里只有一只飞舞的苍蝇。

"那不是猴子，应该是狮子吧？跟舞狮差不多。"

我不懂边见姐在说什么，移动视线，才发现门口的碗柜上立着一个相框，相片里一人身披华丽服装，好像在舞狮。看来边见姐误以为我是指那张相片。我起身拿起相片问："这是真人扮的吗？"

"不是啦，"边见姐还是第一次露出自然的笑容，"你看旁边。"

这张相片旁还摆着一张在海边拍的全家福。边见姐和一个头发花白、微微发福的男人站在一起，一个眯起双眼、笑得无忧无虑的男孩站在他们前面。那男人应该就是边见姐的丈夫。男孩留着不长不短的头发，面庞修长，鼻梁挺拔，耳朵倒也不小，看起来应该很受女孩子欢迎。

这就是真人吗？

相片里，边见姐看起来和现在差不多，所以这应该是两三年前，很可能就是真人变成蛰居族之前拍下的。边见姐和丈夫也都满面笑容，想必按下快门的瞬间，他们的确是幸福的一家。

相片中的边见姐焕发着我曾经憧憬的那种光彩。那时的她没有任何要发出 SOS 的迹象，我看得简直入了迷。

"真人高中毕业的时候，我们一家去巴厘岛旅行，拍下了那张照片。"边见姐坐在餐桌旁，"还有，那个是圣兽巴龙。"

"什么？"

"就是你第一张拿起来的照片，像舞狮的那个，它叫巴龙。巴龙舞是巴厘岛特有的舞台表演。"

我重新拿起相片。巴龙舞也是由表演者身披道具起舞的。巴龙的服装和面具充溢着金色、红色和白色，视效华丽。

"圣兽巴龙，圣兽就是神圣的猛兽。"

虽说是圣兽，却长着一双圆溜溜的大眼睛和一张血盆大口，看起来既可爱又恐怖，给人散漫又调皮的印象，怎么也看不出神圣的品性。

"虽然不同的剧团会表演不同的故事情节，但大都是讲魔女兰达和圣兽巴龙的对决。"

"兰达对决巴龙……"

"那场对决永远无法分出胜负,通常都是在巴龙和兰达的反复纠缠中落幕。剧里还有不少黄段子,整体演出氛围感觉很小众。"

"永远无法分出胜负,这种结局太令人难受了。"我说。

"不过我觉得这种结局挺好的,"也许是回忆起那场巴厘岛的家庭旅行,边见姐终于放松下来,表情不再僵硬,"巴龙和兰达象征了人们的内心。巴龙代表善良,兰达代表邪恶。人的内心深处有善有恶,两者永远无法向对方妥协。"

"无法分出胜负……"

"对,最重要的是找到平衡,巴龙舞的故事讲的就是这个道理。真人特别喜欢这个故事。"

我低头看向照片里笑意盈盈的真人。"只有西方才认为世界上存在完美无缺的神明和与之相对的恶魔。"我小心地说道。毕竟巴厘岛巴龙舞和意大利驱魔仪式的逻辑,显然水火不容。

"西方认为,驱除恶魔之后,留在人身上的就全是善良了。我觉得他们的想法有些奇怪。相比之下,巴龙舞的故事中没有绝对的邪恶,只有善恶永恒的对决。这种想法也许才是正确的,也更容易让人接受。"

"真人也说,世界上没有完全正确的人,也没有完全错误的人。"

这话好像最近在别的地方也听到过。对,是在便利店!合唱团的雁子小姐不是说过嘛——"这世上没有百分百的好人,也没有百分百的坏人"。

如此说来,他们和真人交谈过不少话题。人心善恶杂糅这种巴龙舞式的想法，大概也是真人灌输给他们的。

还有一些别的相片，都是一家人去海外时的留影。他们大概会定期出国旅行。

"这张是在中国西藏拍的。这个带路的僧侣叫那旺南嘉。"边见姐接着说，"这是在意大利认识的坎迪多神父。"

说起意大利的神父，我立刻想起洛伦佐父亲，照片里的男人也令我感到十分亲切。

真人在所有相片中都那么阳光开朗，和当地的人们相处地其乐融融。

另一张相片里，真人和一群穿着独特服装的舞者们笑作一团。"那些是罗姆人，"边见姐说，"以前我和我爸在匈牙利时就见过罗姆人，他们过得很苦，总是遭受迫害和排挤。但他们拥有音乐和舞蹈。罗姆人的音乐既饱含悲情又充满跃动，透露着他们坚强的性格。"旁边的透明资料夹里还有一些外国纸币。"那是西班牙的纸币，背面好像是皮萨罗的肖像，真人很喜欢呢。"

"那个消灭印加帝国的皮萨罗吗？"我印象里，皮萨罗大举入侵了原本平和有序的印加大地，是个肆意破坏野蛮统治的恶人。

"好像是吧。真人很喜欢读这方面的书。"

忽然，一声轰隆巨响传来。

✝

声音是从二楼传来的。之后，又传来重物散乱落地的响声。我胆小怕事的性格当场暴露，差点发出悲鸣。边见姐也睁圆了双眼。

"是真人吗？"也只有这个可能了。"他撞倒了什么家具吗？"

边见姐跳了起来，呼喊着儿子的名字冲上二楼。瘦弱无力的她忽然如此矫健，不得不让人感叹母爱的力量。

我晚一步跟在边见姐后面。

我不由得回想起刚开始在日本驱魔的情形。有个二十几岁的女人声称自己是恶魔，看到我在她家里，发出惊人的尖叫，还推翻了一台半米高的老式显像管电视机。人在无意识的时候，竟然可以释放如此强大的肌肉力量。

边见姐到达二楼，敲门问道："怎么了？我听见响声，你没事吧？"

我站在一旁，惊觉边见姐身后有一团火焰，还以为着火了，急着想该怎么救火。片刻后才发现，原来我又看到了幻象，熊熊燃烧的楼房和摇曳着火光的森林的幻象。

这大概是边见姐内心深处的风景。她的心情就如要救出困在火中的儿子一样焦灼。

等我回过神来，火光已经消失。

我伸手暗示边见姐不要说话，家里瞬间鸦雀无声。我把耳朵贴在门上，却听不到房间里有任何声响。我感到不安，把手伸向门把，却发现房门没有上锁。于是我推开了门。

我不知所措地望向边见姐，她也一脸茫然。

"真人，我们进来了哦。"边见姐轻声说道，走入房中。

我弯着腰跟着走进房间。屋里弥漫着呼吸和汗液的味道，令人感到有些窒息。

目之所及，矮长的组装书架翻倒在地，各种书凌乱地散落开来。这应该便是刚才那声巨响的来源。

真人蜷着身体跌倒在窗边的地上。

仔细检查，他没有翻白眼这样的异常反应，看起来像是睡着了。

"没事吧？"我问。

"以前也发生过好几次这种事。把他带去医院，也查不出个所以然。医生只能建议卧床观察。"

我和边见姐一起把真人抱到床上。

这时，真人咕哝着咒语般意味不明的语句："潘西尔的尼鲁法啊叽里呱啦……"

毕竟是个二十岁的蛰居青年，我原本以为房间里会充斥着被压抑的性欲。但实际上，真人的房间里并没有令人恐惧的浑浊空气，只是被子掀开时会散发些许汗臭和口臭。

我抬起头，环顾四周，不禁一惊。除了有窗的南侧墙壁，剩下的三面墙全都布满了坑洞。墙纸被撕裂，墙里的木材暴露在空气中。有的坑洞只有拳头大小，有的坑洞足有脑袋那么大。

这是暴力的痕迹。

边见姐蹲在失去意识的真人旁边，流露出担心的神情。

他们母子二人如此亲近，使我感到讶异。边见姐对真人的痛苦和疲惫太过感同身受。

这可不妙。

她原本应该救起溺水的儿子，现在却和儿子一起落入水中挣扎。这画面也会出现在她的内心吗？

我再次观察真人的房间。虽然墙壁满目疮痍，书桌却收拾得干净整洁，秩序井然。房间里铺着地毯。

我走向翻倒的书架，使劲将其扶起。灰尘扑面而来，我赶忙挥手拨散。散落在地毯上的书有的掉了封皮，有的被压弯。我捡起书，一摞一摞放回书架。其中不乏古典文学、文学评论这类晦涩难懂的著作。还有几本封皮颇为相似的文库本，上面写着"西游记"。我脑海里浮现出一只腾云驾雾的猴妖，肆意挥舞着如意棒。

一时间，回忆接二连三地苏醒。

先是记起小时候读过的一册绘本。绘本里，孙悟空经常被骑白马的唐三藏嗔怒以待。我困惑不解，为什么孙悟空为保护唐三藏奋勇除妖，到头来还要遭责怪呢？猪八戒则大不相同，他自恋又狡猾，可唐三藏总是偏袒他。

随后我重温起高中时代。当时我迎来了大家都有的叛逆期，口吐脏话，夜不归宿。父亲经常管教我，但我毕竟内心逆反，喜欢叫板一切。母亲也被我的斑斑劣迹搞得心烦意乱。有一次，她又开始说教，内容无聊到难以置信。我不由地感到一阵虚脱，后来我想，也许就是那种无力感终结了我的叛逆。母亲当时说的也和《西游记》有关。真的特别无聊。

"二郎，你好不容易来一趟，实在抱歉。今天估计没法开始了。"边见姐站在床边，悲伤地皱起眉头。

床上的真人已经完全进入梦乡。

"也是，那我今天就先回去吧。"

"如果最近有时间，还麻烦你再来一趟。"边见姐的口气好像默认我已经接受了帮助真人的请求。

不行，还是放弃吧。我能帮上什么忙呢？我应该回绝边见姐，可实在是做不到。

无法拒绝的原因有二。

第一，眼前千疮百孔的墙壁正发出凄惨的悲鸣，我于心不忍。深知自己无能为力，但我总是会注意到哭泣的人们，天性使我想要走近他们帮助他们。

其次，我发现真人和普通的蛰居族并不一样。如果他不是蛰居族，也许驱魔可以派上用场。

同时，真人背后有两个虚晃的人影。一个少女，一个腰板挺直的中年男人，看起来像是神父。他们也许是真人内心深处的剪影。

真人的内心深处到底有怎样的风景呢？

猴子的故事

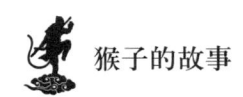

承接上回,咱们继续讲。

还记得上回讲到哪里吗?上回咱们说到,五十岚真终于要去会会那个田中彻。

在哪儿见面呢?嗯……就在田中彻家附近的家庭餐厅好了。

眼前这位就是田中彻,一个普通男人,二十八岁,一头粗硬的头发乱七八糟,像刚睡醒一样翘起。单眼皮的小眼睛像没睡饱,两眼形状不一,整张脸看起来歪歪扭扭。他的鼻子很大,嘴巴像缺少支撑一样耷拉着。胡须浓密,净是没剃彻底的胡茬儿。整个人集齐了中年男人和青年男人的所有特点。田中彻战战兢兢地向五十岚真挤出一个微笑。

交换名片后,五十岚真开始观察他。

五十岚真在质量管理部工作,已经见过许多造成漏洞、酿成故障、经历失败的人。他们虽然为自己的失败感到内疚和尴尬,但为了将自己的行为正当化,又总喜欢虚张声势。既有人身心沮丧、举止凄怆，也有人半路翻脸、企图嫁祸他人。但闯下损失三百亿日元大祸的人，五十岚真还是第一次见。

影响如此巨大的人，到底会有什么表现呢？

田中彻没有表现出任何异常。虽然缩着肩膀、垂头丧气，可那样子好像只不过是违章停车交了罚款。

时间是工作日的上午，所以餐厅很空。田中彻翻开菜单，还没怎么看就对店员说"来份每日午饭套餐"。五十岚真感到疑惑：他是觉得看菜单麻烦，还是想要节约时间？其实两者都有。

不料店员冷冷地回应："午饭套餐十一点半才开始出售。"

五十岚真确认了下时间，现在刚过十一点。

"哎呀，还没到时间呀，真不好意思。"田中彻红了脸，急忙又翻开菜单指着意面说，"那我来份这个吧。"

店员离开后，五十岚真问道："你不生气吗？"

田中彻抽搐似的赔笑道："生什么气？"

"刚才的午饭套餐，明明还不到时间，店员为什么把菜单摆出来？他们至少应该在菜单上强调'十一点三十分'这一点。"五十岚真指着菜单上不显眼的标记，"这样的话，田中先生就不会弄错了。"

"可是，"田中彻挠挠鬓角，小声嘀咕道，"其实仔细看菜单也能看见这些标记，我没看清楚而已。再说我也不是非吃午饭套餐不可。难道真的会有人因为这点事就生气吗？"

"这世上有很多人会因为这一点生气。刚才这种情况，会有人用恐吓的语气叫嚣'那你们为什么现在就把菜单放出来''也就早了三十分钟，有差别吗？别这么死板，家庭餐厅又不是市政府'。"

"那是因为他们自信是正确的一方,才有底气发火吧。"田中彻把手从鬓角挪到头发里,嘎吱嘎吱挠起来,"我总是把事情搞砸,没什么好指责别人的。"

"这不关乎底气。"五十岚真平静地说,"人都害怕失败,也害怕被人议论自己的失败。我以前就经常思考,在人类的所有情绪中,'羞愧'究竟有什么特殊的意义。"

"羞愧的意义?"

"比如对人类和动物来说,'恐惧'是一种非常重要的情绪。"

"恐惧?"

"只有感受到恐惧,才能主动远离危险。动物得以繁衍,靠的就是恐惧心理。"

"确实是这样。"

"'愤怒'这种情绪也很好理解。遭到攻击的时候,自己的东西被抢走的时候,被人看不起的时候,人就会愤怒。愤怒和恐惧也有重合的地方。被围猎的动物之所以变得凶暴,就是因为它们感受到恐惧,同时心里充满了愤怒。情绪为行动提供了动力。"

"原来如此,原来如此。"田中彻捣蒜般点着头。

"那'悲伤'又是怎么回事呢?"

"悲伤吗?"

"家人去世的悲伤,丢失心爱之物的悲伤,都和'珍惜'的情感联系在一起。珍惜爱护孩子,才能免受失去他们的悲伤;拼命守护家园,才能避免损失财产的悲伤。这些都是容易理解的情绪。但是,羞愧是一种怎样的情绪呢?"

"这我就不知道了。"

"我以前不明白，为什么我们需要这种情绪。"

"你是说羞愧吗？"

"失败的时候，做了不该做的事情的时候，人就会感到羞愧。"

"是啊。"

"但我以前想不通，为什么这种情绪要深深扎根于人类和动物。"

"是不是只有感到羞愧，才不会再犯同样的错误？"

"就算不会重蹈覆辙，人还是会感到羞愧。还有我刚才说过，很多人面对自己的失败，不仅不会为此道歉，反而把责任推到别人身上。"

"也许吧。"田中彻只是呆呆地望着说话如念稿的五十岚真。

"所以我想，羞愧是因为害怕自己被抛弃。如果失败被人发现，就会被人轻视，最后落得被伙伴抛弃的下场。也许早在原始时代，人类合伙狩猎猛犸象的时候，这种情绪就产生了。"

"猛犸象的时代？"

"对，狩猎失败的人被视为无用，分不到食物，所以……"

"所以怎样？"

"所以人们才会找借口掩饰失败，声张价值，想一味展示自己的强大。羞愧和愤怒是紧密相关的。年轻气盛就是这个道理。青春期的孩子极其害怕做出丢脸的事。"

"大人也害怕呀。"

"但十几岁的孩子在伙伴面前丢脸的机会比大人多得多。而且，大人早就习惯处理羞愧这种情绪了，他们知道，这种程度还不至于被抛弃。"

"是吗？"

"比起大人，孩子对自己的期待更高。"

"对自己的期待？"

"孩子期待自己成为更好的人、更厉害的人、无所不能的人。他们有能力也有权利这样去期待。但长大后他们就会发现，这些期待都落了空，变成了失望。因为那时候他们已经了然自己成为了怎样的人。"

对自己的期待！

这些话由自己说出口，五十岚真感到既难为情又感动。他这才发现，这恰恰代表着他对自己的期待。

"总之，孩子为了掩藏失败和羞愧，会刻意展示自己的强大。他们会生气，会拔出尖刀，有时还会冲动做出有勇无谋的事，好向同伴证明自己一点都不弱，好让自己都相信自己根本没错。"

这绝不是什么坏事。这是人们为了幸存所采取的合理对策。

"我早就知道自己是个没用的人，也不准备为自己的失败做辩解。"

"不，承认自己的失败而不做任何反驳，这可不是谁都能做到的。"五十岚真不是为了安慰田中彻才这么说。"几乎没有政治家会承认自己的政策出错，就算退休也少有人会松口。他们会为支持率下降道歉，但绝不会为政策本身道歉。他们明明知道，不承认失败就得不到改善。"

"可能是这样吧。"

"真正导致信任危机的,不是一个人的失败,而是这个人不肯承认自己的失败。"

忽然,田中彻手握叉子的手停在空中。"对不起。搞出那样的事情,我却有脸在这里吃饭。我其实很自责,羞愧到想死的心都有了。只是我没有勇气去死,只能作罢。我是真的很难受很难受,这绝不是谎话。"田中彻开始忏悔。

也许有人认为田中彻只是装装样子,但五十岚真不这么认为。

田中彻真的在反省、后悔和自责吧。没脸见同事,怕得不去上班,也是因为真的很难过吧。但他的脸皮又真够厚,居然可以若无其事地坐在家庭餐厅吃饭。

这个男人的脑海里有两个人,一个叫"敏感男",一个叫"厚脸皮男"。自我反省的总是敏感男,厚脸皮男则继续厚脸皮。

可就算他反省上千次,也不能阻止自己再犯,他就是改不掉坏毛病的典型。田中彻简直就是为了"粗心大意"而生的男人。

"接下来,我们可以聊聊那天发生的事吗?火焰山股份有限公司上市的那天。"

田中彻有气无力地耷拉着肩膀,放下叉子,手指在空中胡乱比画起来。"其实没什么理由和借口。那天客户委托我售卖股票,我在系统下单的时候输入错误。就这样,没了。仅此而已。"他飞速地讲完,想要快点结束这个话题。

"具体讲讲你是怎么输入错误的。"五十岚真摊开系统界面设计说明。

那是一张彩印的订单界面图。界面上有几个输入框,分别用来输入客户编号、股票代码、股票数量、股票价格,还有一些下拉选项。

"本来,我应该在这个股票数量框里填上'1',在旁边的价格框里填上'500000'。"

这是张一股五十万日元的订单,确实应该这么填。

"可是我把两个数字填反了。"田中彻的表情好像是孩童时期尿裤子的照片被人看到了一样。对,确实应该是这样的表情。尿裤子和发错订单这两件事,都是因为自己失败给别人造成了困扰。当然,这不像一般尿湿裤子那么简单,要配得上三百亿日元的尿裤子,恐怕是——尿横流不止,先浸湿家里的地毯,然后溢出家门,逐渐淹没人行道和水沟,汇入河道,接着冲垮河堤,摧毁淹没街道。数百户人家湮入水底,只好乘小船纷纷避难。到处都是悲鸣的难民,甚至要防备部队出动前去救援。应该是这个规模才对。"我这里填成了'500000',那里填成了'1'。"

"接着你就点击了这个确认键,对吗?"

界面的底部有一个正方形按键,只要点击这个确认键,输入内容就会全部显示。二次确认之后,再按下提交键,交易数据就会流入各个证券市场。

"虽然出现了二次确认的界面,但是我没有好好确认。真的太羞愧了,股票数量和价格输反了,这种错误明明很常见,我却……"

"事后回顾也许会这么想。之所以会粗心大意出错,就是因为当时没有意识到自己粗心大意。田中先生,你马上就发现了自己的错误吗?"

"没有,过了十五分钟才发现。"

严格来说是十五分二十二秒。

至于那十五分二十二秒间都发生了什么，咱们来具体说说。

那天上午十点多，田中彻提交完火焰山股份有限公司的出售订单后，走向洗手间。他想去洗把脸，清醒一下。

田中彻当时十分困倦。

这一点至关重要，可以说是启动整个故事的引擎。

你们可要牢牢记好了。

田中彻当时十分困倦。

为什么困倦？很好，这个问题提得很好。

不过现在还不能细说，咱们总有一天会知道答案。

田中彻在洗手间洗了把脸，看见一个比自己早两年进公司的前辈走过来。"怎么回事？你怎么这么困？昨天晚上和女朋友共赴巫山了？"

"共赴巫山"这说法未免过于落伍，田中彻像往常一样无奈赔笑道："昨天夜里，旁边的人太吵了，我都没有睡着。"

"哦呦？旁边的人？"

"是我的邻居。昨晚上噼里啪啦的，吵死人了。"

"哦！真有激情。"前辈的动作不像在模仿男女激情，倒像是蜘蛛抓住猎物准备撕咬。总之他脑袋里除了和女人亲热，就没有别的东西。田中彻反而羡慕这种轻佻无畏的性格。

"我好像还听到了尖叫声和怒骂声。"

"这肯定是女的,他们一定在亲热。"

"未必是在……"

"啊,话说回来,刚才安田的客户打来电话。"前辈说,"安田今天休息,好像是孩子发烧了。今天我来替他接单。"股票买卖注重时机,所以就算专门对接的人不在,同事也会帮着接单,这种情况并不少见。田中彻漫不经心地听着,前辈继续说:"卖一股再买一股,就是个简单的活儿。"听完这话,田中彻忽然惊醒。

前辈的话倒没多大意思,只是"卖一股"这个词,迅速蹿进田中彻的脑袋里,唤醒了几个画面。

好像遭到电击的水面噼里啪啦溅起许多水滴,每滴飞溅的水都映出一段记忆。

其中一颗高高飞起的水滴里,田中彻看见了电脑界面,界面上有一些生硬的输入框,左上角写着田中彻客户的名字,就是那个想要出售火焰山股份有限公司股票的人。

田中彻回忆起刚才操作系统的画面。

紧接着出现了股票数量的输入框。田中彻移动光标,连续敲了好几个"0",那种敲击键盘的触感在他身体里悄然复苏——可那里本应该是"1"股。

售卖一股股票,只须输入一个"1"即可。可自己连敲了五个"0",成了"00000"。

这段记忆清晰得令人恐惧,田中彻脑袋一片空白,血气尽失,感觉洗手间上下颠倒了似的。

客户的订单内容是"一股卖五十万日元",这不会有错。所以股票数量框里没必要输入任何一个"0"。可为什么田中彻记得自己敲了好几个"0"呢?

难不成——田中彻努力告诉自己不可能,可越否定记忆就越鲜明。

不对,那应该是输入价格框时残留的记忆吧。那样就不会有问题。可印象中,连敲好几个"0"之后,自己还敲了一个"1"。也就是说,在价格框里输入了"1"。

是自己输错了吗?

田中彻脑中晃过一堆纸箱。

几个月前,田中彻不小心向总务部提交了一百个纸箱的申请。提交申请的时候,他填错物品编号,把网线搞成了纸箱。对田中彻来说,那简直是一道晴天霹雳,一场无法醒来的白日梦魇。那些纸箱仍堆积在家中,占据了一整个房间。

"我又犯了同样的错误吗?"田中彻吓得脸色铁青。

田中彻冲出洗手间,在门口不小心撞到了一个女同事,可他已经顾不上同事的轻声抱怨。

心跳越来越快,脚步越来越沉。田中彻只觉得,从洗手间到办公室简直是一条陡峭的上坡路。

返回座位,盯着电脑,田中彻打开订单记录。

害怕发生的事情终于还是被推到眼前。刹那间,田中彻腿上的血管尽数萎缩,他仿佛听到了自己血流成河的声音。

"我搞错了。"刚开始他只是自言自语,随后他便用尽丹田之气,像选手宣誓一样大喊,"我搞错了!完蛋了!"

停,就到这里,经过了十五分二十二秒。

光头科长察觉到有事发生,噌的一下过来,挺着脊背,面若冷霜,出现在田中彻身旁。那时，资产管理科乃至整个公司，还没人意识到这件事会让他们损失将近一年的营业额。

田中彻向科长说明了事情的来龙去脉。科长不改沉着冷静的姿态。输入错误和下错订单对他们来说是家常便饭，不值得小题大做。当然这都是因为当时他还没有意识到事情的严重性。田中彻也是一样，虽然隐约知道自己扰乱了市场运作，可并不清楚到底造成了怎样的实际后果。

"回想起来，当时有警告信息弹出来过。"面对五十岚真，田中彻脸色苍白地追忆失误，双腿不停颤抖。

"系统自动发送的吗？"五十岚真确认道。

"还能是谁发送的。地狱吗？天堂吗？当然是系统发送的。我输入火焰山订单的时候，确实有消息弹出。"

五十岚真的目光落回手上的设计说明。昨晚，他在公司打印出这次事故的相关界面图，浏览了一遍。设计说明上记有："提交交易订单时，若输入项目不合常规，系统将自动显示确认消息。"

"系统确实是这么设计的。应该会弹出'订单有误，是否已获得上司同意'这样的消息。"

"嗯……"

"但是，不合常规，这样的描述太模糊了。"描述模糊，通常是系统搭建的重大隐患。

"回想起来，一日元的股票售价明显有违价差幅度，系统才会发来确认信息吧。"

"所以你去向上司请示了吗？"

田中彻用力摇了摇头。"没有。弹出了确认消息，我读都没读就点了'是'。"

田中彻理所当然的口气，让五十岚真吃了一惊。

"这就跟狼来了一样，"田中彻继续说道，"那个系统经常弹出警告消息，还没干点什么，系统就问一大堆'您是否确认''您是否已获得同意'，我们总是开玩笑说，搞不好这系统有天会问'您是否认为警告消息很烦人'，所以基本没人会读这些消息。"

因为无视警告消息，田中彻才提交了错误订单。

但五十岚真有些疑惑："刚才你也说过，下错订单其实很常见。系统搭建之初，这一点应该已被考虑进去。也就是说……"敲错键盘是人之常情。我们无法避免粗心大意的失误，重要的是发生问题后如何挽救。"下错订单后，可以取消吧？"设计说明上确实记录了取消订单的功能。所以，就算田中彻下错单，仍有机会取消。

"一般来说确实如此。虽然交易成立后无法取消，但在那之前还是有机会的。"

"那当时为什么没有取消呢？难道十万股股票在十五分钟之内全部卖光了？"

"那倒不是。只是当时取消不了。"

下错订单十五分钟后，田中彻可谓紧张难耐。光头科长就站在他身后，田中彻感觉科长锐利的目光快要烧焦自己的后背，只能硬着头皮敲击键盘。他一边像默念咒语似的重复"我错了，对不起"，一边下达取消的指令。

在股票交易系统中，如有交易正在进行，后续处理就无法操作。指令只能按照顺序处理。

因此田中彻虽然下达了取消指令，却无法立刻执行，只能在系统里排队等待。田中彻抓着鼠标的手不停颤抖，心情焦灼。

不知过了多久，系统终于弹出一则警告消息："股票已全部售出，无法取消。"

重点是，股票、全部、卖出去了！

田中彻急忙操作界面，查询火焰山股份有限公司的股票售出情况，结果发现大部分股票并没有被卖出。

瞬间，一场瓢泼大雨在田中彻空白的大脑中肆意倾泻。到处都是"为什么"的硕大雨滴。为什么？为什么无法取消？为什么？

"喂，怎么回事？"科长的声音终于透出一丝焦急。

"订单无法取消。系统显示股票已售出，可是明明还没有卖掉啊。"田中彻凄怆的声音悠悠回荡在整个资产管理科。

周围的同事都翘首将目光汇集在田中彻那里。

"闪开，让我来。"刚才在洗手间遇见的前辈忽然出现，一把推开田中彻。可无论他怎么操作键盘和鼠标，电脑界面只是和刚才一样弹出"无法取消"的消息。

"这到底是怎么一回事？"五十岚真看着设计说明，不由地问道。难道真的是系统有漏洞？

五十岚真的上司派他去菩萨证券的时候说："如果我们放任不管，他们肯定会把责任推到我们身上。所以你给我去调查调查，证明这次下错订单不是因为我们的系统出了故障。"

可现在田中彻却说"虽然下达了取消指令，但取消不了"，还说"虽然还有大部分股票没有售出，系统却判断交易已经完成"。这很可能就是系统漏洞。

嗯，原来我司也应该承担一定责任，五十岚真冷静地思考。

"后来呢，后来发生了什么？"

"我们放弃了取消订单的操作，下了另外一个订单，把没有卖出的股票全部买了回来。"

"这是你决定的吗？"

"不，"田中彻低下头，"是科长。"

"这段时间里，有十万股股票被不同的人买走，是吗？"如果取消指令没有失效，那损失还不至于这么严重。

"嗯。"田中彻仍然低着头，"怎么办呢？公司到底损失了多少钱？"

"我听说因为股票并不存在，所以菩萨证券需要赔偿现金。虽然现在还不知道具体的金额，但恐怕得有三百亿日元左右。"

对田中彻来说这只是个没有实际意义的天文数字。他淡淡回应了一句"哦，是吗"，仿佛只是发现自己头上有根白头发。

"我还想确认另一件不相干的事。"

"什么事？"田中彻的恐惧实在是显而易见。

"你对征求上司意见这件事感到抗拒吗？"

"抗拒？什么意思？"

"刚才你不是说，看到'请向上司确认'这样的警告消息后，觉得稀松平常，所以直接无视了吗？"

"对，很惭愧，但的确如此。"

"在此之前，科长有没有认为你的请示太没必要而发火，摆出不耐烦的脸色？"

"啊？"

"你有没有因此想，下次这种简单的事情还是自己决定吧？"

那个光头科长有一种不近人情的冷漠。五十岚真见过部下向他请示问题时，他本能地露出了鄙夷和轻蔑。

"我没有想过这个问题。"田中彻怔怔地说，听上去不像假话，"不过我可能有这种情绪，因为每次站在科长面前心里都发怵。"

"那么，田中先生无视警告消息，也许是因为对征求上司意见这件事感到抗拒。"

"这话说的，好像我要把责任推给科长似的。因为科长脸太臭这种话怎么能拿来当借口？"

"不，我认为这可以成为借口。"五十岚真斩钉截铁地回答。

"你说什么？"田中彻睁大双眼。

"他当然不是罪魁祸首，但称得上是这次失误的成因之一。重大差错往往是由许多原因共同造成的。这一点至关重要。"

"哦……"

"人都会犯错，都会粗心大意。这就需要我们组建一个相互提醒的良性机制。不愿请示上司，足以导致失误。"而且，那个科长确实感叹过"最近的年轻员工动不动就来请示"，这话就是最好的证明。

"你是说，科长也有责任？"田中彻问。

五十岚真犯了难。从法律角度来看，科长当然没有任何责任。不管是田中彻粗心操作，还是系统无法取消订单，都和科长的驴脸没有关系。

但是，如果光头科长对人和善沉稳一些，营造一个乐于与部下沟通的氛围，田中彻也许就不会无视警告消息。当然，田中彻也有可能还是会无视，但五十岚真觉得光头科长不可能脱得了干系。

"他不负法律上的责任，最多只能追究他管理不善的责任。"

"可是五十岚先生，你刚才说'这可以成为借口'。"

"我只是觉得，你不必认为整件事都是你个人的责任。科长的处理方式和其他种种原因撞在一起，才导致了这次事故。"

田中彻的表情豁然明亮。"那我是无辜的了？"

五十岚真慌忙解释道："绝非如此。田中先生的粗心大意是造成这次事故的主要原因，所以你不可能是无辜的。"

田中彻的思考方式太过简单。他的世界非黑即白，如果别人有责任，那自己就没有责任。五十岚真只是告诉他不必把所有责任揽在自己身上，却被对方会错意。

"五十岚先生为什么要来调查这件事？"田中彻抬起头，"我知道这是你的工作。不过你是抱着什么心情在做这件事？是想找出犯人吗？犯人不就坐在这里吗？"

"我不是为了找出犯人，是为了找出原因。"

"原因不就是我粗心大意吗？"

"你想一个人顶下来吗？你的公司可巴不得把三百亿日元的责

任都推到你身上。"

"我可没有三百亿日元。"五十岚真把它当作玩笑话，不料田中彻又认真地问道，"我家只有一座纸箱堆成的小山。一百个纸箱值三百亿日元吗？"

听了这话，沉稳如五十岚真都忍不住叹气。田中彻这种粗线条的人，永远无法深入思考，只会做做反省和苦恼的样子罢了。

接下来，五十岚真在回程的路上又连遇怪事。欲知详情，且听下回分解。

我的故事

我离开边见姐家,朝车站走去。本想沿路拦一辆出租车,却怎么都等不到。

沿着种满树木的坡道向下走,就到了便利店门口。半年前,真人经常光顾这里。

遥望停车场,前些天遇见的合唱游击队并没有出现。也是,现在不到落日时分,还不是他们登场的时间。

"半年前……"我猛然想到,直到半年前,真人还经常光顾这家便利店。换言之,从半年前开始,真人不仅不再光顾这里,蛰居族的症状也愈发严重。由此推断出,半年前一定发生了什么事。

真人的心境发生了怎样的变化呢?任谁都不会平白无故忽然决定"好嘞,从今天开始就闭门不出",一定有什么原因。

就在这时,我的余光瞥见一个走出便利店的男孩,还没反应过来,他就撞上了我。

咚的一声,男孩清脆地跌倒在地。撞击的力度并不大,男孩却匍匐在地。他身上的衬衫和裤子都短了一大截,露出纤细的手腕和小腿。可能因为这孩子太瘦弱,才轻易就被撞倒。

他惊慌失措,连忙把散落的东西藏进衬衫底下。那应该是份桶装泡面。

我伸手拉他起来,发现他轻得令人吃惊。再看向男孩的面庞,我不禁又吃了一惊。

他面部歪曲,右眼皮肿胀淤青。这可不像皮肤发炎,明显是殴打所致。

我内心响起救护车的鸣笛,伴随哭喊声——好痛啊,好痛啊……

与此同时,我的视线变得模糊,接着看见了一片火红的画面。幻象又来了。看来是这个男孩的内心深处。

红色的土地上围着一圈栅栏,里面有两只鸟被绳子拴着,一只大鸟,一只小鸟,它们想飞却不得动弹。也许是因为吃不上什么食物,两只鸟都瘦弱不堪。忽然一只巨大的鞋子出现在空中,想要踩死这两只鸟。

看到这幅场景,我不禁咋舌。我真的不想看见这些幻象,眨了好几次眼睛,两只鸟的画面才逐渐消失。

我抓着男孩的手没有放开,问道:"这个是……"其实我也不知道自己是想问"这个是偷来的吗",还是想问"这个是被谁打的"。

男孩害怕地回答:"对不起,请不要问我。"当然,我也不知道他不要我问哪个问题。

明显的 SOS。

就算再怎么堵上耳朵,还是会听到这响亮的求救声。

"哎,这不是二郎真君嘛。"如果不是这声招呼,我肯定会凑近男孩,追问他发生了什么,毕竟我总是不由自主地钻进别人的苦痛里。我扭头,发现是金子店长。

男孩跌跌撞撞地逃跑了。

我没能喊住他,只能目送他远去的身影。我问金子店长:"你认识这个男孩吗?"

金子店长身板宽阔,两臂粗壮,却总是穿着一身水手服似的制服上班,看起来憨态可掬。"男孩?你是说刚刚跑走的那家伙吗?我不认识啊,估计还是个小学生吧。"

"他脸上有被殴打的伤痕。"我没有告诉店长那男孩好像还偷走了桶装泡面。如果让店长知道了这事,我猜他一定会追上男孩,夺回泡面,势如破竹,再狠狠地教育他"下次别让我看见你"。

"是不是小朋友之间打架了?"

"谁知道呢。"从那纤弱的体形和恐惧的程度来看,我不得不往更恶劣的方向想,"说不定……"

"说不定什么?"

"说不定他遭到了虐待。"

"别瞎说。"金子店长不悦地皱起眉头。

"这不无可能。"

"我最害怕这种事了。"

"没人不害怕这种事。"

"可是,这种事很难界定吧。"

"为什么?"

"家长和老师教育孩子,有时必须动手管教。动不动就批判别人体罚孩子的人才让人觉得奇怪。况且就算是真的动手,家长也有家长的苦衷吧。如果是生活滋润的贵族般的家长为了寻开心虐待孩子,我第一个上去揍他们。"

"揍人吗?"

"但是,大多数人都不是贵族般的家长。大家都背负着生活的重担,不得已才动手的吧。"

"可男孩受到伤害也是事实。"我不是不懂金子店长的意思,但不能因为有生活重压就觉得动手也是不得已,让男孩忍忍就好,这完全是错误的想法。

金子店长直率地赞同道:"嗯,这么说也是,不能见死不救。"

望着男孩消失的方向,我轻轻松了口气。虽然略显薄情,但我的确觉得,没有陷进男孩的悲伤,真好。

"哎,二郎真君,别管这个了,我们去喝一杯吧。"

"天还没黑呢。"

"我说的是过一会儿,到晚上的时候。现在我还要去上班呢。你以为我是谁,我可是便利店店长哟。"

我被金子店长的气势所震撼,一时不知该如何作答,当然也无法拒绝。几小时后,我就和金子店长、雁子小姐还有合唱团的服务生四人组,在商业街一家地下居酒屋里围坐一堂。

✝

"二郎真君,你想去哪个声部?男高音?"雁子小姐一边张开大嘴问我,一边拿着啤酒瓶要为我斟酒。我拿出玻璃杯,回答:"我不会合唱。"

"我们合唱团还少一个主唱哦。除了我，还缺一个男声。你也知道，金子店长有天使歌喉，所以我们需要一个低沉一点、有张力的声音。"

"可我一点音乐才能都没有。小学合唱的时候，老师让我只对嘴型就行。"这可是我的伤心往事。还记得那时候，有个家长知道了这件事，到学校里抗议"就算唱得再难听也不能剥夺孩子唱歌的权利"。但他一听我唱歌，马上一脸尴尬地说："哎呀，二郎啊，你还是稍微小声一点比较好哦。"

"你压根儿没打算加入吗？那你来干吗？"金子店长大声质问。

"我只是想再了解一些真人的事。"我心想，不是你们请我来的吗？

"二郎真君，前段时间你也问了好多关于真人的事，你们之间什么关系啊？"雁子小姐把一块炸鸡塞进嘴里，用手指着我问。第一块还没嚼完，她又塞进去第二块、第三块……我好担心她把别人的那份也吃光。

于是，我把真人所谓蛰居的症状，以及半年前症状忽然加重的事，一股脑儿都告诉了他们。

"半年前发生过什么事？"雁子小姐看向金子店长等合唱团员。这时，居酒屋的服务生过来上菜。金子店长小心地把空盘子摞好递给服务生。如果忽略那公牛一般的壮实体格，他真的很像一个传统中懂事的小媳妇。

"你是想说，半年前发生的某件事，让真人变成了蛰居族？"小媳妇金子店长用阴沉的声音问道。

"倒也不是。在那之前，真人已经有了蛰居症状。但他那时还能出门逛逛便利店，和母亲讲讲话什么的。"我明明已经解释过一遍，可他好像完全没有理解。

"我想起来了！那个时候，真人就变得有点奇怪。"金子店长鼻孔膨胀，小媳妇的气息荡然无存。

"什么时候？"

"有一次，真人忽然问我们为什么唱歌。"

"我也想起来了。他气势汹汹，一副找打的样子。"雁子小姐微微一笑，端起陶瓷酒杯。

当时，真人的语气咄咄逼人。"唱歌不就是为了自我满足吗？难道唱歌可以救人吗？要是唱歌能救人，那还发什么愁？你们有本事的话，现在就去救救那些被欺负、被殴打的儿童和妇女啊。喂，快唱啊！"

雁子小姐和其他成员面面相觑，不知该怎么接下话茬。没过多久，雁子小姐歪着脑袋望向夜空，说："这片天空的尽头，宇宙的深处，有一种东西……"

"什么东西？"真人问。

"还能是什么，当然是看不见但意义非凡的石头啦。"

"那不就是陨石吗？"

"你这么说也行。"雁子小姐露出两排牙齿，"每当我们唱出自己的旋律，那里的石头就会落到我们的听众身边。"

真人一头雾水，不懂雁子小姐在说什么。

雁子小姐豪迈地大笑道："你不懂也没关系。总之，我们唱歌可不是为了给谁听，更不是为了把自己的想法强加于人。画画不也一

133

样吗？主题和立意？问这些都白搭。但我们仍然有想要表达的东西，所以我只好说那是陨石啦。我们的歌声能撼动天上的巨石，再把石头撞向听众的胸口。"

听了雁子小姐的解释，真人只是歪着头若有所思："歌声能让陨石坠落？这是什么歪理？要不以后就叫你们星星乐团好了。"

"陨石是一种比喻，象征着远道而来的重要感觉。"

"重要感觉又是什么？感觉和情绪不都是虚无缥缈的东西吗？"

雁子小姐注意到了真人不同以往的激动，态度有些强硬："哼，只有到死都躲在屋子里打飞机的家伙，才会说出'人的情绪都是虚无缥缈的东西'这种话。"

"真人是不是因为你的话深受打击，才决定干脆去当蛰居族？"坐在我前面的金子店长指着雁子小姐，"都怪你！"

"他不会因为这点事就不来便利店吧。"雁子小姐皱起眉头，"真人当时还笑着说'我才不会一辈子躲在屋子里打飞机呢'。"

虽然当时能笑出来，也许他的内心早已伤痕累累。毕竟能成为蛰居族的年轻人，本就对他人的言行格外敏感。

"不过，那个陨石坠落的比喻，到底是什么意思？"

"二郎真君，连你都不懂吗？"

"我不懂。"

"音乐、电影、小说、绘画，其实都一样。没有人看了梵高画的向日葵会感慨'哦，看来梵高想画向日葵'。绘画的对象其实不重要。"

"但至少他画画不是为了让陨石坠落。"

"不，就是为了陨石。"雁子小姐斩钉截铁地说，"我去法国旅行的时候，遇见过一个叫伊莲娜的女孩。她听了我们唱的歌，说'音乐是一滴水，激起一片涟漪，涟漪又生涟漪，继而形成巨浪。巨浪撼动大气，淹没万千星辰'。"

"好像一首诗。"

"怎么样，听起来很美吧。歌声就是为联结肉眼不及的东西诞生的。可真人听了这番话，看上去不为所动。二郎真君，下次你可以跟真人再讲讲哦。"

"哎，能不能不要再叫我二郎真君了。"

"为什么啊？上次我也说过，二郎真君可是《西游记》里第一个制服孙悟空的人，他们之间还有过变身大战，叫二郎真君多威风啊。"

虽然变身大战听上去很有趣……可是什么《西游记》啊，什么孙悟空啊，跟我有什么关系。

"如果真人是悟空，制服他的就是你。"金子店长笑道。

"可是，虚构的故事只有在适当的时机才会成为现实。这和唱歌的效果不大一样。"雁子小姐的大嘴咕嘟一下衔起小酒杯，"比方说，有只野猫跑到你家里。"

"嗯……"我呆呆地想象，一只野猫剌啦剌啦地扒拉我的窗户，又冷又饿、浑身颤抖。

"你给它喂水啦，喂剩下的烤鱼啦、木鱼花啦。可是有一天，它忽然消失得无影无踪。你会怎么办？担心吗？"

"这个……"我很害怕听到这种故事，就算只是打个比方，我也会感到伤感，"我会很担心小猫的安危。"

"那你再想象一下，这只小猫在街上晃荡的时候，被一对年迈的夫妇捡走。现在它正躺在暖炉前做春秋大梦呢。也许它还有只可爱的老鼠朋友叫杰瑞。"

"那又怎样？"

"这就是虚构的故事能带来的效果。有时候，故事可以拯救人心。"

✝

"那些现实中无法得知真相的事，你可以随心编造真相，用自己的想象安慰自己。'那个坏蛋不得善终''那对母女过着幸福的生活'，用这种方式把自己从苦恼中拯救出来。"

"这不就是逃避现实，单纯的妄想吗？"

"你说得对。可人们编写故事，尤其发生在想象中的故事，为的不就是这个吗？"雁子小姐朝路过的服务生招招手，"麻烦来一大大大大份炸鸡块！哎呀小哥，你长得真帅。"招呼完又点着头道："话说回来，真人告诉我山手线上发生的事之后，我跟他也讲过这个理论呢。"

前几天，我刚从雁子小姐那里听说这个故事。山手线的电车里，一位老奶奶问一群初中生："坐这趟车能到秋叶原吗？"那群学生故意说不能，害老奶奶中途下了原本乘坐正确的车。当时真人把一切都看在眼里。

"真人当时犹犹豫豫，结果没能帮上老奶奶。他回家之后一直牵挂着，不知后来那位老奶奶在炎热陌生的东京是否找到了方向。"

雁子小姐评价真人是个感性的孩子，扭头就说"鸡肉真好吃"，这发言倒是一点都不感性。

服务生四人组并坐一排，眯着双眼，仿佛是一群超越了喜怒哀乐、已得六根清净的圣人，一脸祥和地把食物默默送进口中。他们如同四尊地藏菩萨，安静地守护着雁子小姐和金子店长这两个能量爆炸的野蛮人。

"所以啊，我就告诉他，这个时候就应该自己编个故事，好让自己安心。"

"像刚才的故事一样？"

"对。想象一下被骗的老奶奶在陌生的车站下车后发生的事。"

"老奶奶后来怎么样了？"我认真地问道。为什么就算这样，我还是会对有困难的人感兴趣呢？

"我当然不知道。但我们可以想象啊。也许老奶奶在陌生的车站，正好和失散多年的儿子重逢，从此过上了幸福的生活。"

金子店长瞬时笑出了声，服务生四人组只在一旁淡淡地微笑。"这个故事不错，太感人了。"金子店长抱着手臂说。

"这种剧情也可以吗？"

"什么剧情都可以呀。反正我们不知道老奶奶后来到底发生了什么。"

"真人接受了吗？"

"他对我说：'星星乐团的雁子小姐，您可真是个乐天派。'真人总是在意一些不重要的细节。对了，有时便利店会来一个拄着盲人手杖的男人，你知道吗？"

"不知道，我还没去那家店买过东西。"听到我的回答，金子店长狠狠瞪向我。我只好不知所措地说:"以后我会常去的。"这般懦弱,自己也只好苦笑。

"那个男人视力不太好,耳朵也听不见。不过他妹妹经常和他一起来,两个人都年事已高。"

"和哑巴哥哥相反,那个老太婆真是能说会道。"金子店长眯起双眼,虽然语气粗野,但他应该很喜欢这对兄妹。

"真人总是很在意。"

"在意什么?"

"真人觉得,哥哥上了年纪,眼睛耳朵都不好,只能依靠妹妹生活,很辛苦之类的。"

"这样啊。"如果我看到他们,应该也会操心。

"我对真人说,不能单从外表判断一个人是否幸福。擅自认定别人不幸,很可能只是自作多情。再说,你自己不仅离不开父母,连心里的想法都表达不清。那个男人可比你看得远多了,你才是需要被人家担心的那个。"

"真人怎么回答?"

"雁子小姐,您可真是个乐天派。"和刚才说的一模一样。

金子店长连连拍手,大笑起来,四个服务生还是淡淡微笑。

"不过,那对兄妹也很久没来了。"金子店长说,"不知道他们现在在哪里,过得怎么样。"

听到这里,我不由自主地为这些陌生人祈祷,希望他们平安无事。雁子小姐则在一旁用唱腔念道:"他们两人现在也过着幸福的生活。"

我只得到了这些关于真人的消息,之后,他们拉着我没完没了地说"二郎真君，我们一起唱歌吧""炸鸡真好吃啊"。

✝

不记得和雁子小姐他们喝到了几点，再睁开眼睛的时候，我躺在自己公寓的床上，迎来了第二天的早晨。

身上穿着睡衣，大概临睡前我还残存着一些意识。

看了眼手机上显示的日期，再望向墙上的日历，发现今天不用去上班。

因为没有别的事，我急忙赶回老家。

真人到底遭遇过什么？也许能从边见姐的母亲边见阿姨那里得到一些消息。

边见阿姨住在离我老妈不远的地方，两人平时不是在你家就是在我家。我希望可以见到边见阿姨，不，不用希望，我铁定能见到边见阿姨。但当一切成真的时候，我还是惊讶了一下："原来她真的在我家……"

"啊呀，这不是二郎吗？好久不见。"我按下家里的门铃，对讲机那边却传来边见阿姨的声音。她的语气像房屋主人一样自然随意，一时间我还以为走错家门，不小心到了边见阿姨家。

老妈和边见阿姨站在客厅里。

"二郎，你怎么了？"老妈笑着问道。她一头全白短发，戴着老花眼镜，看起来上了岁数，可脸上生动的表情让她显得十分年轻。我含糊其词，说恰好经过顺便来看看。"倒是你们，在干什么呢？"

"我们啊？我和你边见阿姨想搞个漫才组合，正在排练呢。"

我从没想过有一天能从老妈嘴里听到这种话。人生真是充满了未知。"你们的组合名不会是孔子孟子吧？"前几天我刚想过这件事，随口调侃道。

没想到老妈和边见阿姨对视一眼，兴高采烈地说："哇，这名字不错啊，很拉风。"边见阿姨喜上眉梢："'你不惑了吗？'这句加到台词里怎么样？"

两个人越聊越起劲，一个说："孔子的名言都从'子曰'开始，意思是孔子这样说过。"另一个说："是哦，把这个也编进段子里吧。"

老妈朝我看来了，她命令道："对了，二郎，快帮我们找点孔子名言。现在手机不是都能上网吗？"

我无奈地掏出手机搜索。两人精挑细选抄写半晌，对我说："我们表演一遍，你帮我们把把关。"

老妈先是啪的一下抬起手，韵律十足道："子曰！"

边见阿姨则在一旁低头鞠躬道："过则勿惮改。"这一句是她们刚抄下的。

老妈继续道："这句话的意思是，发现错误后应该及时改正。切不可思虑过甚，而害怕改过自新。"

"你们这可不是漫才，只是解释孔子名言吧。"

听到我的点评，老妈不以为然地说："这才是创新的地方。"

终于等到她们排练结束，我见缝插针询问真人的事。

"我跟真人也已经有半年多没见啦。"边见阿姨在餐桌旁喝着红茶说。

边见阿姨一张圆脸，头发全白，眼角刻着许多鱼尾纹，和我老妈十分相似，好像一对姐妹。她现在快七十岁，看来不到二十岁就生下了边见姐。

"话说真人已经二十多岁了吧？时间过得真快。我这儿子没出息得很，别说孙子了，我连儿媳妇的影子都瞧不着。"老妈坐在我旁边，夸张地叹息。

我只好回应："我也想知道我的老婆和孩子在哪里。"

老妈忽然认真地提议："要不然你干脆这么说好了——我的老婆孩子在遥远的宇宙深处，我只是一个人来地球出差，但以后会带孙子来见你。"

这些话从我的一只耳朵进来，又从另一只耳朵出去。

我继续问："真人成为蛰居族已有两年，半年前忽然症状加剧，不和任何人交流。半年前究竟发生了什么呢？"

"二郎，你快去给他治治不就得了？"老妈在一旁插话。

"老妈，你还说呢，要不是你跟边见姐胡说八道，我也不会惹上这些麻烦。"

"孔子不是说过嘛。'人生三十五，就要惹麻烦。'"

我还是想不明白，我小时候，母亲总是心思敏感，胸怀忧虑，为什么现在变的嘻嘻哈哈？她的心境究竟发生了什么变化？我很想问出口，实际上我也问了出来。

边见阿姨在一旁偷笑。老妈呢，虽然被我突如其来的质问搞得有些困惑，但还是扬起寂寞的笑脸："我啊，其实没怎么变过。"

"可你真的变了很多。"

"我以前经常因为很多事情烦恼，操心有人受伤啦，有人哭泣啦。"

我想起那个为我解释救护车鸣笛的母亲。她曾说："某个地方，某个人，正在哭喊着'好痛啊，好痛啊'。"

"现在我也还是老样子，只是我渐渐明白，就算再怎么把烦恼表现出来，都不能解决实际问题。"

"表现出来？这是什么意思？"

不知道老妈是觉得麻烦还是感到难为情，不再回答我的问题，倒是加快语速对我说："再怎么烦恼，死了都是一抔土。你老爸去世以后，我才想明白。事已至此，不如活得开心自在，哪怕只是看上去开心也好。"

"我老公也是，说起来是个自由记者，其实每天都在拼死拼活地工作，最后还不是过劳死。我想也许人生应该过得更有意义。可是也不能像我那个小叔子，就是我老公的那个弟弟，生活里只有金钱和股票。"

"你是说那个税务师，守财奴先生？"前几天刚听边见姐这么介绍过，我脱口而出，说完慌忙捂住嘴巴。

"对对，税务师守财奴，你说得太对了。"边见阿姨没有生气，反而拍手叫好，"他只在乎利益得失，没有一个真心朋友。以前我老公劝他去相亲，没想到被他反问：'相亲能当饭吃吗？老婆入手后能升值吗？'"

"老婆只会贬值，老公只会变废纸。不过，喜欢钱的人反而好相处。"老妈大笑道。

"是吗？"

"当然啦。这种人单纯好懂，只要能让他赚钱，他就高兴。"

我在一旁心想，大家不都是这样吗？

"对了,"边见阿姨猛地拍手说道,"我想起真人说过一些奇怪的话。"

"什么话?"

边见阿姨拿起一个铜锣烧,剥开皮瞄着里面的馅料。"他问我:'外婆,你觉得暴力永远都是错的吗?'"据边见阿姨说,真人当时情绪并不亢奋,只是随口讲起自己的疑惑。

"他这么问是什么意思?"我也拿起餐桌上的铜锣烧,撕去包装。

"谁知道呢。"边见阿姨困惑地歪着脑袋,表情好似天真烂漫的孩童,"总之我告诉他这不好说,一味否定暴力也不见得正确。他听后转头去二楼了。"

"暴力"这个词在我的脑海中不停回响。真人为什么要问这种问题?

"你是说,有些暴力是正确的?"

"哎,谁知道呢。"边见阿姨对自己的观点并不感兴趣,尽情享受着手中的铜锣烧。

"暴力可不会讲道理。暴力没有这样那样的理由,是一种更原始的本能。"

"你说得对。就像《西游记》里的孙悟空,总是滥杀妖精。这故事还是挺残忍的。有些小妖精根本没造什么孽,就因为孙悟空'残暴的情绪一时涌上心头'这种莫名其妙的理由,从背后被一棒打死。"

这么说来的确很凶残。

原来《西游记》是一个思考暴力的故事。

"对了,真人好像很喜欢《西游记》。"

"这可能是受我的影响吧,从他小时候起,我就给他讲《西游记》

里的故事。"边见阿姨心满意足地说。

"可是，"老妈说，"心情是一种没法摸清的东西。"

"为什么这么说？"

"二郎，你刚才不是说觉得我变了吗？其实我的内心从未改变，还是一样杞人忧天，只不过我不再表现出来罢了。"

"这样啊。"

"况且，就连我们本人也不清楚自己内心深处的想法。"

"嗯？"这话好像在哪儿听过，我在记忆里苦苦搜寻。

"比如工作令你很郁闷，你焦躁又烦恼。"

"嗯，这个倒真是经常发生。"

"但你还是会装出若无其事的样子。"

"可我的情绪经常写在脸上……"

"这我知道。不过在假设里，你装作若无其事。直到某天忽然有人问你心情如何，也许你才想要吐露真言。"

"告诉对方其实我很郁闷吗？"

"对，但你心里又不完全是郁闷。"

"怎么说？"

"你陷在一种比郁闷更焦灼、难以解释的状态里。"

"这样啊。"我终于想起，是意大利的洛伦佐说过同样的话。"人们的心情无法用三言两语表达清楚，因为心情很难用文字描述。"我把他的话转述出来。

老妈听罢拍手叫好，说："洛伦佐很敏锐！确实是这样。当你把自己的心情说出来，就已经在用文字描述了。也就是说——"

"什么？"

"要想了解一个人，必须知道他的三个方面。第一，外表看起来的样子；第二，他自己描述的内心世界。"

"第三呢？"

"内心深处的风景。"

我耸耸肩。"谁都看不到第三面。"

"只能派个人钻到心里去录个像啦。"

"洛伦佐说可以画成漫画。"

"洛伦佐真的很敏锐！"

虽然没有说出口，但我想，有时候自己看到的幻象，不正是人们内心深处的风景吗？

老妈和边见阿姨起身，又开始排练漫才了。

"子曰！"

"不患人之不己知，患不知人也。"

"这句话的意思是说：如果别人不认可你，没关系，因为他们根本就不关心你是谁。重要的是，你知不知道别人的实力。"

"这只是原文的解释吧？"

"子曰：这只是原文的解释吧？"

我看着她们排练，吃下了一大堆铜锣烧。天色变暗，我趁机准备离开。

"好好照顾自己。"听到老妈关照的一瞬，我仿佛回到了童年。

"那个，有件事我想问你……"

"什么事？"

"你辛辛苦苦供我去意大利留学，我却变成这副德行，你是什么感觉？"

"这副德行是什么德行？我感觉很好啊。"

"我留学回来之后，再也没画过画。"

"只要你平安健康，我别无他求。我送你去留学又不是真的期待你能成为绘画大师。"老妈笑着说。

"真的吗？"

"当然是真的啦。你做什么我都支持，人生就是要多去体验嘛。我们做父母的，看着孩子做自己喜欢的事，就已经很开心啦。"

"原来是这样啊。"

"而且你呀，从来没有抱怨过别人。"老妈指着我说。

"抱怨别人？"

"你从来没说过'都怪谁谁谁，我的人生才一败涂地'这种话。你要是说出这种话，我才会失望。"

"嗯，因为我没什么不满的。"

"这就对了！"老妈眯起双眼，脸上浮现出由衷的幸福笑容。

我心里悬着的石头终于落地，带着复杂的思绪走向玄关。

"不过，要是你哪天重拾画笔，一定要带过来给我看看哦。"老妈的声音从身后传来。

"你又不懂怎么欣赏画作。"

"可我喜欢你的画呀。"

猴子的故事

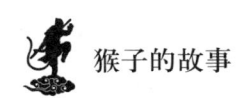

咱们接着讲五十岚真的故事。

上回讲到哪里来着？

得嘞，上回讲到，五十岚真和田中彻见完面，准备先回公司一趟。正准备走进车站的闸口，五十岚真接到一通电话。

电话那头是菩萨证券的牛魔王部长。

"有何贵干？"

"我们决定了。"

五十岚真还在疑惑决定了什么，牛魔王部长就开口道："我们决定用现金赔偿那些买下股票的人。因为我们没法提供根本不存在的股票，就像无法提供根本不存在的棒球卡。错误订单的赔偿金额，每股八十一万两千日元。"

这个数字是怎么计算出来的？五十岚真推测，下错订单的前一秒，火焰山股份有限公司的成交金额应该就是这个数字。下错订单后，大量的卖出交易导致股价暴跌。但如果没有那个错误订单，成交价应该就是八十一万两千日元。

总之，这样一来，菩萨证券损失的金额总计在三百亿日元到四百亿日元之间。

"可是，最后会怎么样，现在还说不准。"五十岚真对手机的另一头说，"说不定那些大发横财的证券公司会良心发现，退还赔偿金。"

"你想得倒美。同情我们？退还赔偿金？白日做梦！"五十岚真隔着手机也能听到牛魔王部长粗重的鼻息，被他天雷地火般的气势震得摇摇晃晃，迈步向山手线的站台走去。

说退还的可能性很高，并不是五十岚真相信人性本善，他也绝不期待公司弘扬公平竞技的体育精神，但趁火打劫这种行为，一定会为众人所不齿。证券公司很有可能无力承受舆论的批判。

本质上这就是一场利害权衡。佯装不知大赚一笔，还是顺水推舟做个绅士？一定有人正在这样盘算。

挂掉电话，五十岚真走上台阶。

山手线的电车似乎刚刚到站，楼梯上涌出许多乘客。

"哎呀呀，那个老奶奶怕是当场死亡吧？"周围有人议论。

当场死亡？这个说法令人心惊胆寒。

站台的情形确实有些异常。

五十岚真意识到，这里发生了交通事故。

电车车头附近聚集着车站工作人员。站台上的乘客对躺在铁轨上的人恐惧又好奇，又因电车停运而烦躁不安。空气浑浊难耐，一团无形的迷雾弥漫开来，令人窒息。

五十岚真没什么特别的感慨。无论是跳轨自杀还是意外失足，都不是什么新鲜事。他只想知道电车还要停运多久。

本想询问工作人员,但五十岚真找不到他们。

其实站台上有很多工作人员,但每个人都忙里忙外,不得空闲。五十岚真清楚待下去纯粹是浪费时间,于是转身向来路走去。反正他也没有急事。

就在这时,五十岚真感觉右手腕上传来一阵温暖柔软的压迫感,大吃一惊。

五十岚真抬起头,发现一个和他身高相仿的男人正紧抓他的手腕,拖着他往回走。

那男人穿着红褐黄三色相间的民族服装,拽着五十岚真,大步流星地向车头方向走去。

五十岚真跟跟跄跄地跟在后面,满腹疑惑。这个蛮横的男人是谁?为什么要拽走我?他误把我认作了谁?

忽然,五十岚真发现自己无法判别那是不是一个男人,不,他甚至无法判别那是不是一个人!一股寒意顺着他的脖颈直窜脊梁。

直到对方回首,五十岚真才后知后觉地彻底震惊,汗毛倒立,差点当场跪坐在地上。

"师父,你怎么了?"对方停下脚步问道。

他棕色的头发凌乱不堪,鬓角修长,粉红的脸皮皱皱巴巴,双目却像孩童一般溜圆,额头上还嵌着一圈金环。

更别提他那张牙龈暴露的大嘴,尽显野蛮和残暴。

五十岚真顿时明白了这个人的真身。怎么样,你们猜到了吗?

那当然就是我,齐天大圣、孙悟空、堂堂孙行者。

孙悟空在山手线的站台现身，拉着五十岚真向站台边缘走去。

回过神来，孙悟空已经紧挨着工作人员蹲下，五十岚真也顺势向铁轨望去。

"师父你看，那是个女人，看样子有个七十岁。她被山手线的电车撞飞，躺在那里。"

五十岚真想象中的场面血肉横飞，但他望了一眼才发现，那个仰面朝天躺在地上的人，似乎只是被电车顶了一下。

那是个身材矮小、满头白发、满脸皱纹的女人。

她倒在铁轨中间，双眼圆睁，一动不动。铁轨旁躺着一只巨大的背包，里面的衣物散落一地。

五十岚真虽然把目光停在那个貌似已经死去的女人身上，心里却更在意身边这个亦猿亦人的孙悟空。

"喂，你们两个，不要靠得太近。"一名工作人员提醒五十岚真和孙行者，"请离远一点！"

这时，一副担架被运了过来。他们应该要把女人抬走吧。五十岚真还在思索，孙行者出其不意地从地面腾空而起，跃至五十岚真的头顶，旋转一周，缓缓降落在铁轨上。

落地时悄然无声。

五十岚真看得张口结舌。那一边，孙行者靠近倒地的女人，在她的脑袋附近弯腰坐下。

你们猜他在干什么？只见他从衣服内侧掏出一个小袋子，从袋子里挑出一粒药丸，塞进女人嘴里。紧接着，他抱起女人仰身一跃，回到了站台。

"师父，看！"孙行者朝五十岚真喊道。

师父？这又是怎么一回事？不等五十岚真疑惑，女人脸颊震颤，嘴角抽搐，眼皮跳动。不一会儿，她睁开了双眼。

一旁的工作人员大惊失色，撒腿后撤。

"哎呀……"年迈的女人逐渐恢复意识，讲起自己的故事来。"我刚才想去秋叶原。"她有气无力地说。虽然坐上了山手线的电车，可她不知道坐的是外环线还是内环线，也不知道坐哪条线更近。电车门口站着一群穿制服的男生。"我想，这些青涩的初中生比较好说话。"于是她上前向他们问路。

其中一个初中生说她坐错了，告诉她下车去搭反方向的电车。这时，正好电车到站，车门打开，她便慌忙下了车。

悲剧就从这里开始。

她走上站台，准备搭乘反方向的电车。可查了路线图发现，自己刚下的那趟车离秋叶原更近。

她急得团团转，不确定是怎么回事，想要找个人再问问，但一直没找到合适的人选。行李过重，她在站台边踉跄跌倒，电车正好在这时驶入。

"我虽然年纪大了，耳朵不好使，但还是能听见车站的广播。广播说什么请站在白线外，注意安全。可我以为跟我没关系，就没搭理。"

然后，她就被电车撞飞了。

"本以为撞上电车一定要死掉了,没想到居然没事。看来电车的紧急刹车挺管用。"

不,你已经当场死亡了,是这个人让你起死回生——五十岚真到底没能说出口。说这话没什么意义,他也不确定"这个人"这种说法是否正确。

就在这时,孙行者扯了扯五十岚真的西装。"师父,我们得替老奶奶惩办他们。"他龇牙咧嘴,散发出一阵野兽的恶臭。

"惩办?惩办谁?"

"欺骗老奶奶的那群初中生。"

五十岚真手握吊环,站在山手线的电车里。周围空着一些座位可以随意坐,但他还是站着。

他身边还跟着一只猴子——孙行者。孙行者身上的花哨服装,好像要去参加化装舞会。旺盛的毛发遍布全身,加上那张猴脸,看起来十分诡异。他脚上还穿着一双有些年头的脏长靴。

"师父,你有没有想起那件事?"

"我不是你的师父,也不知道你说的是哪件事。"五十岚真认真地回答。

"就是乌鸡国国王给师父托梦那事。"孙行者饶有兴致地讲起往事。

也许有人没读过《西游记》里乌鸡国那一回,简单说是这么个故事。

一天,唐三藏的梦里出现一个国王。国王哭诉:"我被一道士陷害,坠井而亡。然那道士化作我的样貌,侵吞了我的江山!千乞师父到我国中,拿住妖魔,辨明邪正。"

梦醒后,玄奘叫弟子往那井中一探,果真发现了国王的尸体。

梦中所见皆为现实。

后来,国王服下仙丹,起死回生。已经死掉的人居然还能活过来,真是不可思议。但这在《西游记》里随处可见。

玄奘一行既知事情经过,答应替国王雪恨,潜入乌鸡国。

"那时师父拿着三件宝物,借故进入国中。俺老孙变作那其中一件,谎称自己通晓一千五百年过去未来之事,那时我们还给它起了个名字哩,叫立帝货。"

"过去未来之事?"

"这都是小意思。连俺老孙的身外身,都能预知未来。"

五十岚真记得,身外身的意思就是分身。

"你到底把我认作了谁?"

从这瘆人的猴子和他讲起的这番话看来,他口中的师父应该就是玄奘,即唐三藏。可这也太过玄乎了。

"哦,我懂了。"孙行者眼睛一亮,"师父不喜欢坐电车?可是,师父你也知道,肉体凡胎坐不了筋斗云。要不然我们早就能到天竺,还用花上十四年嘛。"

好久没遇到如此答非所问的对手,五十岚真竟有些小小的感动。

两人从山手线下车，换乘后出了车站，沿着地下道往前走。五十岚真一脸茫然地跟着。"你一定是认错人了。"无论五十岚真怎么解释，孙行者只是龇牙咧嘴道："师父穿西装的样子也很威严嘛。"两人的对话驴唇不对马嘴。

在车站地下道里迂回前进，不知不觉，五十岚真发现他们走到了三个初中生面前。

他们坐在角落的长椅上，正拨弄着掌上游戏机。

"喂，你们几个！"孙行者不客气地大喊。

初中生们先是迟钝地抬起头，随即瞪大了眼睛。这也难怪，一个穿着花色衣服的猴脸男人，不知从哪冒出来跟自己搭话，任谁都会吓一跳。

"什么事？"正中间那个男孩歪着脑袋问道。他和五十岚真想象的样子截然不同，看上去毫不畏惧，反而有些目中无人，透出不耐烦的表情。

"你们几个，刚才有没有对老奶奶撒谎？"孙行者两臂交叉，双脚叉开，豪迈地说，"老奶奶抱着行李，千辛万苦，你们糊弄她是不是很开心？"

初中生们被这番指责惹怒了。"你在说什么？喂，大叔，这是什么猴妖？"其中一个男孩向五十岚真问道。他的口气好像在跟饲养员告状：这只猴子很没礼貌，你快管管。

我也想知道他是谁——五十岚真想要诚实地回答，可话一出口却变成了："这是我的大弟子，孙悟空。"

初中生们发现自己被两个奇怪的大人纠缠，张大嘴巴，不知该兴奋还是气愤。"大叔，别逗我们啦。"

"喂，你们几个听好了！因为你们的谎话，老奶奶下车后从站台坠落，被电车撞飞了。你们准备怎么承担这个责任？"旁边的孙行者抱着双臂，一副说教的姿态。

三个初中生面面相觑，接着纵声大笑起来："这跟我们有什么关系？你有证据证明我们骗了那个老奶奶吗？就算我们真的骗了她，那跟她发生事故也没关系吧？那个法律名词叫什么来着……"

"没有因果关系。"五十岚真插嘴。

其中看起来最机灵的那个初中生点了点头。"对，就是这个词！没有因果关系！肯定是那个老奶奶自己不小心才掉下去的，反正也老糊涂了吧。"

五十岚真打算不再开口。说起来，他不明白自己为什么非要在这里跟一群初中生浪费时间。

就在这时，孙行者弯起膝盖轻轻一蹬，腾空而起，飘浮在半空，向后翻了个跟头。动物的腥臭气从他身上源源不断地飘来。那是一种既令人怀念又让人恶心的独特气味。

三个初中生像多米诺骨牌一样猛然向右侧跌倒。五十岚真一头雾水，抬头一看，孙行者正举着晾衣杆似的长棍。

应该就是那根棍子放倒了初中生。那一棍使得太快，五十岚真完全没看清发生了什么。

看着呆若木鸡的五十岚真，孙行者说道："师父，有时候必须使用暴力手段。"

三个初中生摸着自己被打伤的脑袋，号啕大哭。

五十岚真慌忙环视四周，担心被路人责怪。

"我们只是执行指示而已。"其中一个男孩涕泪横流，呜咽着说。

"执行指示？"孙行者皱起鼻头。

好似稚童鼓起勇气一般，初中生们说明了真相。照他们的话来说，故事是这样的。

那个老奶奶曾在街头与一名坐轮椅的男人拌过嘴。

拌嘴的理由非常鸡毛蒜皮，因为男人的轮椅有些挡道。

男人道了歉，她还是不依不饶："我不喜欢区别对待，所以就跟你直说了。你在这里坐轮椅非常碍事。"说罢还故意摸了摸自己的左脚，好像被车轮撞得不轻。

"太过分了。"孙行者立刻站到了否定她的立场上，"是不是，师父？"

五十岚真没有回答。

初中生继续说："那个坐轮椅的男人，其实是文殊菩萨变的。"

"啊？文殊菩萨？"孙行者惊讶道。

"千真万确。文殊菩萨下凡考验老奶奶，没想到她如此粗鲁。文殊菩萨很生气，让我们去惩戒老奶奶。"

初中生们一脸严肃地搬出文殊菩萨，五十岚真只觉得大脑一片混沌。旁边的孙行者倒是很镇定。"师父，这情节越来越像乌鸡国那件事了，那时候文殊菩萨同样做了考验。我们以为国王是单纯的受害者，谁知他也做过不少坏事。师父，谁才是真正的坏人？"

真正的坏人？

这句话刺穿五十岚真的头颅，使他动弹不得。

五十岚真好像一具木偶，不对，他已经变成一具木偶。一只巨大的手掌拾起五十岚真，将他从车站地下道带去了他常去的车站附近。手掌掷出骰子，按照数字，沿着格子向前移动五十岚真，砰、砰、砰，像在移动一颗双陆棋的棋子。

目的地是一家便利店。

再向五十岚真吹口气，大功告成。

转眼间，五十岚真肌肉重新伸缩，气息恢复，血流畅通。

夜色四溢，五十岚真矗立在便利店前。

五十岚真站在人行道上。路灯的光亮仿佛被夜空吸食殆尽，四周一片昏暗。眼前是他经常光顾的便利店，旁边的停车场经常有人练习唱歌，现在却不见人影。取而代之，有个男人走进了五十岚真的视线。

男人穿着西装，个子不高，但两肩宽厚，如同一块岩石。其实那男人的性格和体格一样强硬。

五十岚真见过那个男人。

我之前也跟你们提过，记得吗？咱们说过有个气焰嚣张的男人，给一个男孩和一个女人戴上项圈。就是那个男人！大鼻头，眯着眼，活像一头野猪，满脸乖张暴戾。

这时，不知从哪里冒出一个便利店店员，不客气地喊住西装男。

店员肤色黝黑,眉间皱纹纵横,样子凶恶,一点都不适合当店员,然而他的确是便利店店员。他指着西装男的手提包,抬起双眼问道:"你这家伙,刚才是不是偷东西了?不对,你偷过好几次了吧?"

五十岚真明明距离他们尚远,却可以清楚地听到他们的对话。

店员坚持要检查手提包,西装男则断然拒绝。"给我看!""别看!"你一言我一语,两人僵持不下。

五十岚真感到一阵窒息,却什么也做不了。

"小偷!""放屁!""你不是小偷是什么?""别废话!"不用想,两人的争吵不断升级,最终扭打在一起。

五十岚真没有挪动脚步。

突然,西装男那粗壮的手腕和手指猛地将店员推向马路。

咚的一声。那声音仿佛从大地深处咆哮而来,揪住你们的心脏晃个不停,让人无法释怀。

被男人甩开的店员迎面撞上了一辆汽车。

夜色中,只听到身体被撞飞后滚落地面的声音,而急刹车的声音刺耳得要撕裂整片夜空。

五十岚真睁开双眼,看到一辆静止的汽车和躺在一旁的店员。

汽车前面的挡风玻璃覆盖着一层浓厚的雾霭。定睛一看,五十岚真大吃一惊,原来玻璃上爬着一群黑压压的老鼠。这些窜动的灰色动物令人毛骨悚然。雨刷一动,老鼠们便四散而去。

五十岚真歪着脑袋想不通这是怎么回事,这时旁边传来一个声音:"那个司机真倒霉啊。"

回头一看,那个孙行者竟又站到了一旁。

"师父,谁才是真正的坏人呢?"

五十岚真刚目睹了一场交通事故，吓得呆在原地。但到底他还是个沉着冷静、泰然自若的人，很快恢复了平静。

"什么意思？"

"哎，你刚才也看见了，店员忽然被人推出去，那个司机根本没法躲避。"

"看上去是这样。"

"出事之后，那个可怜的司机欠了很多债。她还有个生病的女儿需要照顾，本来就已经够吃力了。"

"虽然很同情她，但是我什么都做不了。"

"要是有谁能挖出金块送给她就好了。师父，你不这么觉得吗？"

"我没有想过。"

五十岚真话音刚落，孙行者又问："谁才是真正的坏人呢？"接着小声告诉五十岚真，"你要再去找田中彻聊一次。"

五十岚真直勾勾地盯着孙行者，忽然慌张地伸手摸头，又低头看自己的脖子，确认领带还在不在。

"师父，你怎么了？"

"没事，我只是在想，领带是不是又缠在脑门上了。"

"师父，没想到你一脸正经，也会说笑。"

再见田中彻又有何事发生，且听下回分解。

我的故事

我来到边见姐家门口,却始终无法按下门铃。我看着眼前的大门、荒芜的庭院、闲置的自行车,呆立良久。

距离上次来访,已经过去一周。

前几天边见姐打来电话,说起上次真人昏倒的事。"别担心,第二天他就恢复了平日的生活状态。"

平日的生活状态,当然是指蛰居的状态。

我望向二楼,按响门铃。铃声回荡在整座房子里。已经很久没有系领带的我,不由得低头确认是否佩戴端正。

眼前有只苍蝇从左向右飞过。

我下意识地盯着苍蝇看。

苍蝇在空中来了个急转弯,又从我的右侧飞向左侧。

这只苍蝇好像认识我,故意在我眼前乱晃。我烦躁不已,抬起手轻轻驱赶。可苍蝇还是在我面前盘旋,翅膀的振动声很响,像有人在窃语"救救我吧",我心头一惊。

难道这是某人内心深处的风景？可我周围并没有人，难不成是我自己的内心深处？如果我内心深处的风景是只苍蝇，真是让人有些失落。

玄关的门开了，边见姐站在我面前。"二郎，谢谢你过来。我本来要开车去接你的。"接着她有些惊讶地说，"哎呀，你穿了西装。"

"我做这个的时候一般都穿西装。我很喜欢走路，从车站走过来感觉刚刚好。"

苍蝇从我的身边飞进了屋。都怪我把苍蝇放了进去，对此我深感罪恶。

敲过门后，边见姐招呼着"我们进来了哦"，推开了真人的房门。

前几天书架翻倒的场景还历历在目，眼前这个房间却十分整洁。窗帘遮挡下，室内光线昏暗。

真人正坐在床上。只见他屁股垫在棉被上，双脚挨着地板，两手放在膝盖上，微微低着头。虽然呼吸均匀，却好似一尊等待被雕刻的雕像，一动不动。

我顿时有了自己帮不上忙的预感。上次看到昏厥的真人，我还以为他有被恶魔附身的可能。但看他现在的样子，更像是遗落了某样重要的东西。我的做法会有效吗？

"真人，二郎叔叔来看你了。我跟你提过好多次吧，我们小时候住得很近哦。"

我僵硬地跟真人打了声招呼。不管穿多少次，我都不习惯西装和领带，只有驱魔时才会选择一身黑色西装。

在意大利时，洛伦佐父亲曾把神父的服装借给我穿。洛伦佐父亲教诲道："这么说也许会遭人误解，但必须塑造神父威严的气势。说到底，这是形象的力量。"对此，我十分赞同。

通常，驱魔时神父会潜心祈祷，诵读圣经，泼洒圣水。与其说这些行为和道具起了实际作用，不如说它们营造的氛围带来了力量。回到日本之后，我没有打扮成神父，而是穿上了西装。毕竟基督教在这个国家没有扎根，比起神父的装扮，西装更有仪式感。

真人抬起头，正好和我对视。

边见姐走出房间，只留下我和真人。

我开始有条不紊地准备"那个"，从自己背来的黑色波士顿皮包里拿出各种各样的小道具，有装着液体的小瓶子、厚厚的圣经、写生簿，还有蜡笔、电子表，等等。

这些道具都是为营造氛围准备的。它们能够吸引对方的注意，给予对方强烈的暗示。把拿出来的道具一件件缓缓陈列在桌子上，大部分人都会饶有兴趣、警戒地盯着。他们会判断：到底会发生什么？自己会被怎样对待？这些东西对自己有害吗？只消观察他们的反应，就能知道他们到底是不是假装被恶魔附身。

"你要干什么？"真人小声嘟囔道，语气不抱好意也没有敌意，像梦中呓语。

我思索该如何回答。根据以往的经验，这时候很可能会有攻击性的言行出现，比如"滚开""多管闲事""我要杀掉你""懒得理你"，总之，对方会因为第三方踏进他们的领地而感到不快。

但真人没有做出任何反应。他还是呆呆地坐在床上，直勾勾地看着我。

我蹲下身,视线和他的视线平齐,尝试着问:"你是谁?叫什么?身体不舒服吗?可以拉开窗帘吗?你最近一次出门是什么时候?"

真人没有回答。唯一一次开口,是在我伸手要拉窗帘时。他说"请别拉开",之后就再也没表态了。

房间昏暗,我看不清真人的表情。

我疑惑不解。大多被恶魔附身的人具有较强的攻击性,不是骂我,就是想赶走我。真人完全没有表现出这样的态度。但我也不觉得真人是典型的蛰居族。我甚至开始怀疑真人患有精神疾病。那样的话,就轮不到我出场,只能靠专业医生和药物治疗了。

"你现在有什么想要的东西吗?"

没有回应。

"有一种小虫子喜欢聚集在路灯周围,遇到行人就会在其头上乱飞。你妈妈管这种虫子叫'头虫'。她没跟你说过吗?这是她以前告诉我的。因为围着头飞,所以叫头虫。这名字也太直白了,不过很形象。"

没有回应。

"对了。我听你妈妈说,你知道很多马岛战争的野史趣闻,英军战机的飞行员曾经留下关于猴子的记录什么的,具体是怎么一回事?"

没有回应。

我又尝试别的话题,可真人始终没有回应。我暗自叹口气,又搬出几次"你是谁"这种问题,真人仍然没有回应。

我环视真人的房间。

书架旁立着一个小小的展示柜。柜里排列着好几个小型骷髅模型。几年前流行过一阵骷髅军团，估计就是那个动漫的手办。

动漫里的骷髅们举着武器进攻沙漠。展示柜里的模型们队列整齐。

"你喜欢这个吗？"我问道。

仍旧沉默。

我可能要举手投降了。

我起身准备下楼找边见姐说明情况，不经意想起前几天回老家的事。

我的脑海里闪过边见阿姨，即真人外婆说过的一句话。我照搬了那句话。

"喂，真人，你觉得暴力永远都是错的吗？无论有什么理由，暴力都必须被否定吗？"

真人抬起头看着我。他睁大双眼，像在恶狠狠地瞪我。我立刻被他的气势所折服。说起来可能有点夸张，但我感到自己是只被盯紧的猎物，差点连人带椅向后跌倒。

我强迫自己不移开目光，观察起真人的样子。真人头发很长，几乎完全遮住了耳朵，但并不显邋遢。双眼皮的大眼睛很有魅力，虽然没有抢眼的帅气，但给人清爽的感觉。

突然，他的背后浮现出一片陌生的山丘地貌，看起来似乎是国外的某个地方。刚开始我以为是一张海报，后来才发现，是幻象又出现了。

此刻，真人的内心深处就是这幅景象吧。有几个人走在其中，有少女和神父的身影。

"暴力……"真人开口,"暴力永远都是错的吗?"

他不是在问我,而是在问自己。为了梳理自己的想法,他像议长一样自我确认议题。

"我去过你常去的那家便利店。"不能错失良机,终于能打开天窗说说话了,"便利店的停车场里有一群练习唱歌的人。金子店长啦,雁子小姐啦,他们好像跟你很熟。"

"哦,那家便利店啊。"真人的语气忽然变得很亲切,好像把我当成了朋友。可紧接着他又不再言语,眼神再次变得迷离,就像在梦中。

真人的双眼失焦了,然后开始挠头。

他想起了什么痛苦的回忆吗?总之,那样子好像要把脑袋里的什么东西拽出来除掉似的。

挠头的声音嘎吱嘎吱,真人随之露出痛苦的表情,手的动作也愈发猛烈,简直要把头发拽下来了。

这时,我看到了一片模糊的风景。刚才还是山峰峭壁,现在那里出现了一个巨大的隆起。到底是什么东西?我定睛细看,那隆起咔的一声裂开,逐渐延展,变作一只巨大的眼睛。不,也许从一开始这就是一只眼睛,只不过现在睁开了。

真人的心中,有什么东西觉醒了?

可幻象消失后,真人倒在了床上,不再动弹。

我连忙过去检查真人的呼吸,发现他只是闭上了眼睛。但我不知道他是睡着了,还是昏过去了。

前几天我来的时候,真人也是会突然不再动弹,边见姐说这种事以前也发生过好几次。虽说如此,我还是慌了神。

世界上真的有人听了"别慌"这种劝解,就马上不慌张了吗?

我打开门跑下楼梯,呼叫边见姐,没出息地大喊:"真人失去意识了!"

边见姐铁青着脸飞奔向二楼。她看上去不擅运动,此刻却拼尽全力冲上楼梯。她的身影深深震撼了我的心灵。

边见姐扶真人在床上躺好,给他盖好被子,虚弱地微笑道:"和上次一样。真人好像一兴奋就会昏倒。又让你白跑一趟,抱歉了。"

"是我该道歉,什么忙都没帮上。"

✝

我转向真人的书架,看到了那几本《西游记》。望着书脊,我陷入了回忆。

那是高中时代一段羞耻的回忆,我竟然被自己的笑声惊醒,但这只是自嘲的笑声,并非觉得快乐。

边见姐抬起头。

真人正在昏迷,现在发出笑声实在不合时宜。我连忙解释:"我高中的时候有一件糗事。"

我高中时吊儿郎当的。虽然和现在一样胆小怕事、不爱出风头,但毕竟处在爱逞强的青春期,也和同学合伙干过不少坏事。因为害怕被朋友排挤,有时候我便和大家一起逃学,在游戏厅喧闹,在朋友家喝酒……

父亲经常训斥我,却也觉得高中生就是这副德行,有时只能睁一只眼闭一只眼，也因为我没有做过偷盗勒索这样给别人添麻烦的事情吧。实际上，我有意识地与那些给别人添麻烦的事保持距离。我患有"总想救人综合征"，整天因为"没能力救人"而烦恼，如果还给别人添麻烦，岂不是自找苦吃。

但我还是做过一件给别人添麻烦的事情。有天深夜，我偷偷溜进工厂，用自喷漆在厂房上涂鸦。

当时的电视新闻正好报道过这类恶作剧，大家看了心潮澎湃，决定以身试法。

我当然没有兴趣。

自喷漆很难清除干净，一想到工人们要花费大把时间去处理涂鸦，我胸口就隐隐作痛。

虽然明白这种事不做为好，但我还是陪着朋友们去了。

因为我没办法拒绝。

然而隔天我们几个就发现留下的涂鸦上报了，不免惊慌失措。

原来，那家工厂里放置着危险化学材料，却轻易遭到外人入侵，这件事本身就是个大问题。加上我们乱画的"〇"和"×"很像爆炸物的标志，整件事就被过度解读成"危险警告"。

原本只是想用涂鸦进行恶作剧……我们在学校碰头，为事情闹大了而担忧。胆小的我更是无法忍受这种深深的罪恶感。

我想干脆就站出来自首谢罪，但朋友们坚持要闹得更大一点。

从结果来看，这件事确实在社会上引起了轩然大波。我们抱着紧张不安的心情度过了许多不眠之夜，但最后我们的罪犯身份没有暴露，大家都幸存了下来。

但这件事还是被母亲察觉了。

恐怕那时候我的表现过于奇怪，每当看到工厂涂鸦的新闻就不由自主地做出一些异常的反应。

一天晚饭后，母亲忽然对我说："二郎，我有话想跟你说。"

跟我有什么好说的？我忍着内心的不耐烦，心不在焉地想，不外乎出路的问题呗。

我和她在餐桌边面对面坐好，没料到她给我当头一棒："你以为我跟你爸都看不见你做的坏事？太小瞧我们了吧。"

"什么意思？"

"前段时间，你是不是溜去工厂恶作剧涂鸦了？"

我顿感狼狈，差点当场坦白，但还强撑着，佯装无辜。

"你是不是觉得你离我们很远，我们什么都看不到？其实你不过在我的手掌心。"母亲一脸严肃，朝我举起右手，手指指腹上用笔画着"○"和"×"，"你以为你在工厂涂鸦，看，其实你是在这里涂鸦。"

我大吃一惊。

母亲继续道："你知道孙悟空的故事吧。孙悟空大闹天宫，最后和释迦佛祖对战。他腾云驾雾跑到了最远的地方，还在那里留了记号。实际上他压根儿没跳出释迦佛祖的掌心。"

"嗯，这个故事很有名。"

"孙悟空的记号，其实就留在释迦佛祖的指头上。"

我皱起眉头，心想这和我有什么关系。

"你在工厂的涂鸦，其实留在我的指头上。"母亲平静地讲出这些大道理，"是不是吓坏了？"

我哑口无言。她居然能一脸认真地讲出这样荒诞的事。

"是不是吓坏了？"母亲又问了一遍，微微一笑。

看到母亲得意扬扬的神色，我更加不相信她的话。

这番对话实在无聊，我顿时对许多事感到一阵厌倦，觉得随便怎样都好。一这样想就感到浑身放松，紧张全消，身体变轻，好像体内的恶灵被驱除一空。

我向母亲坦白了涂鸦的事，问："我是不是该去警察局自首，说自己就是犯人？"

母亲若无其事地点头道："按理来说，你要先去警察局解释清楚，再去工厂跟人家道歉。但是，算了吧，太麻烦。"她压低声音，像是在和我说悄悄话，"也别告诉你爸。但是，你要好好反省，绝不能再犯。"

我吃了一惊。作为家长说出这种话真的合适吗？但又感觉自己终于得到了救赎，下意识地合起双手，面朝工厂的方向，在心里默默致歉：对不起！以后我绝不再犯。

听了我的故事，边见姐并没有笑，而是告诉我："二郎，你妈妈真的是个好人。"说罢，边见姐的表情舒展了许多。

仿照《西游记》编谎话吓唬孩子，这样的妈妈算哪门子好人？我只得在一旁苦笑。

✟

哐当一声传来。

躺着的真人忽然坐起。

边见姐吓了一跳，连忙呼唤真人的名字。我刚想跟着轻轻呼唤，就把话都咽了回去。只见真人直愣愣地盯着眼前的墙壁，开始转动头部。那势头活像《驱魔人》里脑袋前后旋转的桥段。当然，真人的脑袋没有转一百八十度，大概转到四十五度便停下，脸庞正对着我，眼睛半开半闭，好像仍未从梦中醒来。

"真人，你还好吗？"我刚问出口，便被另一个声音打断了："姓孙的……"这是真人的声音。我不懂他的意思，问道："姓孙的？"

这时边见姐在一边说："孙行者，是《西游记》里的那个孙行者吗？"她疑惑地看着我，"孙悟空是不是也叫孙行者？"

"我不知道。"这并非推托，我当时的确不知道，"怎么忽然说起孙悟空？"

真人眼睛半开半合，拨浪鼓般节奏分明地摇晃脑袋。中途忽然睁开双眼，狠狠瞪我，马上又醉眼迷离。

这种躁动的状态，和被恶魔附身的状态十分相似。

我摆正姿势，整理了领带，调整好呼吸，小心地问道："你是谁？"

真人摇着脑袋，气息逐渐粗重起来。

真人的举动明显变得奇怪起来。

"真人……"边见姐担心道，"哎呀，起湿疹了。"

"嗯？"我注意到边见姐在说话，凑近去看。

她翻起真人的袖子，只见真人的手臂遍布湿疹一样的斑点，并且正在蔓延。

"这是过敏吗？"

"真人对灰尘和尘螨过敏，以前经常长湿疹。不过最近不太长了。"

湿疹的样子很像眼睛。在我看来，这些遍布全身的湿疹好似一只只眼睛观察着外面的世界。而真人还在摇头晃脑，眼睛开开合合。

"还好吗？"边见姐靠近真人，却被猛烈摇晃起身体的真人一把推开。

边见姐不由惊声尖叫，腿撞上了书架。又是一阵杂乱的声响，几本文库本从书架上方应声掉落，正是《西游记》。

这时，我眼前出现一头巨大的猛兽。当然，这不是真实世界的场景。真人背后浮现出一面屏幕，上面放映着虚幻的场景。

那头巨大的猛兽形似猿猴，浑身布满浑圆如眼球的斑点。有人正在与这头猛兽对峙。这到底是什么场景？我找不到答案，但推测这是真人内心深处的风景。与这只巨猴对战，究竟有何意味？

我回过神，猛然发现真人已经掀开被子坐在床边，和失去意识前的姿势一模一样。

巨猴的景象已消失殆尽。

"真人？"我从椅子上站起来问，"真人，你听得到我说话吗？"

没有回应。

"你是谁？"我又重复这个问题。

"二郎，"边见姐看向我，"真人的样子和平常不太一样。"

"你是谁？"

因为得不到任何回应，我决定开始仪式。我打开放在桌子上的小瓶子，用圣水沾湿双手。

接着，我用旁人无法辨认的声音低吟。吟诵什么无关紧要，关键是要有节奏地不停发声。我更偏爱洛伦佐父亲传授给我的句子。

真人的面部开始抽搐。

"你是谁？"我又问了好多遍。

这种状态大约持续了三十分钟。终于，真人睁开双眼说："我是……"

终于等来了对方的反馈，我感到既惊讶又兴奋。

"我是……"啪！真人睁圆双眼，而他说出的话远远超乎我的想象。"我是东胜神洲傲来国花果山水帘洞主人——美猴王、齐天大圣、孙悟空！"

洛伦佐啊！我在内心叹息。驱魔的时候遇到孙悟空，该怎么办才好？

猴子的故事

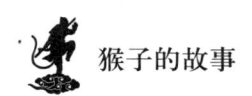

咱们接着讲五十岚真故事的后续。

五十岚真离开山手线车站,在俺老孙的谏言下拨通了田中彻的电话,决定和他再见一面。地点嘛,就定在一家魅光幻影的印尼料理餐厅好啦。

傍晚六点,还不到吃晚餐的时间,餐厅却宾客如云。

田中彻点完单说:"没想到又被你叫出来谈话,说实话我有点火大。但转念一想,可以来吃美食,还是挺高兴的。"

该说他天真单纯,还是缺少城府呢?田中彻总是想到什么说什么,比孩子还要孩子气。五十岚真认为,田中彻的这种脑回路最终诱发了他的失误,也成为他屡教不改的主要原因。

餐厅里飘荡着一股独特的气味,那是酸味和草药苦味交织的香气。餐厅中央有一个圆形舞台,一群裸着上身、肤色黝黑的男人围成一圈圈坐在上面。表演似乎即将开始。

"下错订单的原因是什么?"五十岚真把桌子上的白色餐巾塞

入领口，询问面前的田中彻。

"我已经说过了，原因就是我粗心大意，仅此而已。我不小心提交了一个交易订单。在那个订单里，我把'1'输成了'500000'，仅此而已。要我说几遍你才能明白？"

"我问的是你粗心大意的原因。今天我一直在回忆你说过的话，你说那天提交订单后就去卫生间了，对吧？"五十岚真翻开手账确认，"在那里，你遇到了一位公司前辈，和他聊天的时候，你开始怀疑自己刚才犯了错。"

"是的。我想去洗把脸，因为我很困。"

"很困。"五十岚真重复着这个词，终于发现了问题的核心，"为什么很困？"

"我不是说了吗？"田中彻挠挠鬓角，"前一天晚上，隔壁邻居太吵了，我彻夜未眠。因为睡眠不足，第二天才会犯迷糊。"

"你能再详细讲讲这件事吗？"

"睡眠不足？这个借口比害怕上司还离谱。"田中彻挥挥手，"我没准备把事怪到这上面。"

昏暗的吧台灯光忽然熄灭又忽然亮起，就这样闪烁着。想喊服务员来，可周围都不见他们的踪影。

忽然传来一阵嘈杂声，仔细一听才意识到是人声。"克差克差库差库差。"舞台上半裸的男人们发出富有韵律的和声，听上去既可爱又有魄力，他们随之起舞。五十岚真瞄了一眼便回过头问："那天夜里，隔壁的屋子里发生了什么？"

"我不知道。"

"你不知道？"

"嗯。就是很吵而已,我本来就没怎么见过隔壁的〇〇先生。"

"什么先生?"五十岚真没有听清,又问了一遍。可不管对方重复几次,五十岚真都听不清那个名字,姑且就叫他圈圈先生吧。

"总之,田中先生是因为隔壁太吵才彻夜未眠。"

"那又如何?"

"睡眠不足和酒精一样,会导致大脑皮层功能退化,直接影响大脑思考。田中先生下错订单,很可能跟睡眠不足有关。"

就在这时,有人来到桌子旁。五十岚真以为服务员要来上菜,就停下了话茬。可是等他挺身坐好,那人仍然一动不动。五十岚真抬头看,这才发现穿着餐厅制服的不是别人,正是那只猴妖。

没错,俺老孙变成了餐厅服务员,怎么样,想不到吧?

只要有需要,变幻莫测的孙行者可以随时随地出现在咱们的故事里。对俺老孙来说,这些都是小菜一碟。俺老孙咧嘴一笑问道:"可以为您撤走空盘吗?"

"给。"田中彻平静地把盘子递出去。五十岚真在昏暗的灯光下屏息凝视,不料孙行者把他那张兽嘴凑到五十岚真的耳际,发出理性而冷静的人声:"师父,谁才是真正的坏人?"

五十岚真摇摇脑袋,眨眨眼睛,周围的光线忽然有了变化,好似一股迷雾消散。"您没事吧?"说话的服务员不是猴子,只是一个二十几岁的普通青年。五十岚真纳闷,以为自己刚才出现了幻觉。

"但是,这种理由在法律上无法成立吧?因为睡眠不足所以下错订单?这种理由太荒唐了。"

听到田中彻的声音,五十岚真转过身。

"法律上也许无法成立。"五十岚真回答。

"不管是社会大众还是公司科长,都不会认同这个理由,对吧?"

"但是,我认同这个理由。"

"啊?"田中彻仿佛吃了一惊。

"啊?"五十岚真不小心重复了对方的话,"哦,我是想说,调查出睡眠不足的原因,也许可以证明这一切不是你一个人的错,你粗心大意也情有可原。"

"我粗心大意也情有可原?"田中彻压根儿没有想过这一茬,机械地重复。

"田中先生之所以睡眠不足,是因为那天晚上邻居太吵闹。如此一来,邻居也应有责任。"

"即使法律上没有这样规定?"

五十岚真点点头,说了句连自己都意外的话:"我们去找你的邻居谈谈吧。"

过了晚上七点,田中彻所住公寓周围已经漆黑一片,只剩零星几盏路灯。公寓的外形不是规则的长方体,而像一颗扭曲的骰子,在五十岚真眼里,那座建筑犹如黑暗中抱着双膝的巨人。

田中彻进入公寓朝电梯走去,五十岚真跟在后面。

"我几乎没见过○○先生,偶尔遇到也是擦肩而过。"田中彻解释道,"他大概四十多快五十岁,也许实际年龄更大。反正看起来很威严,皮肤晒得很黑。"

"皮肤很黑？"

"嗯，快要晒焦了一样。他好像还有老婆和孩子。"

"孩子？"

"嗯，身体瘦弱。我见过一次。"

两人来到屋前，按响门铃，却没人应。

田中彻猜测人家还在工作。

"小孩多大了？"

"应该在上小学吧。是不是他们一家子都出门了。可是，五十岚先生，如果○○先生现身，我们该怎么办？你打算就问他'那天晚上你们为什么那么吵'吗？"

"对。"五十岚真回答。没什么好掖藏的。

他们又在门前待了半晌，什么也没有发生。田中彻一度默默地竖起耳朵，最后还是耸耸肩膀叹口气说："没人在家。我们走吧。五十岚先生，你这么设身处地为我考虑，为我追查粗心大意的原因，我真的很感动。但是这个调查结果怎么想都没法改变。要是○○先生说'那天晚上我确实和老婆亲热得过了头，吵到你们了，真是抱歉'，我们又该怎么办？要是那样的话，我失误的原因是因为○○先生和老婆太亲热吗？"

再继续调查，还要查明○○先生的欲求从何而生。连五十岚真都觉得没有必要调查到那一步。就在这时，一只手忽然从旁边伸过来。

孙行者身穿红褐色衣服，已经站到了田中彻和五十岚之间。

五十岚真词穷了，孙行者竟就这样从地下悄无声息地钻出来。田中彻只是呆立在一旁，似乎没看到这一切。

孙行者把食指放在嘴上，示意五十岚真不要出声。他的指缝中又飘出那股晒干的棉被味道。

孙行者拿着钥匙插进门锁，轻轻向左一扭，开锁的声音随即传来。然后，他若无其事地牵起五十岚真的右手，放在门把手上。

五十岚真转动手腕，房门嘎吱一声推开。

田中彻吃惊地望向五十岚真："门没锁啊。"

孙行者的身影已同迷雾一般消散了。

五十岚真不敢未经许可擅闯民宅，但随着玄关的门逐渐打开，屋里走廊深处的景象令他把犹豫忘得一干二净。

只见客厅房门大敞，地板上有什么东西，像是一条胳膊。

有人摔倒在地。

"没人回应的房间"加上"摔倒在地的人"，都指向一种联想，这里发生了惊悚的案件。这种联想不无道理。

因为这里就是一起惊悚案件的事发现场。

田中彻走入玄关，穿着鞋迈进走廊，立刻用右脚的鞋子踩掉左脚的鞋，再脱掉右脚的鞋子。

五十岚真把他甩出来的鞋子同自己的鞋子一起摆好，跟着踏进走廊。

"〇〇先生，在家吗？"田中彻用尖细到破音的嗓子呼唤着，走进客厅。五十岚真跟在后面，望向旁边浴室，厕所的门紧紧关着，看起来没什么异常情况。但他想错了，这里的情况怎么看都很异常。

已经走进客厅的田中彻用手捂住嘴巴，敛声屏息，好像要把尖叫重新咽回喉咙里。

五十岚真也震惊了。一个男人躺在地上。那男人体格健壮，肤色黝黑，正是这间房子的主人○○先生。只见他穿着一身厚重的针织睡衣，胳膊肘和膝盖弯曲，姿态很像紧急出口标识上的小人。他的关节处明显被扭曲，头部的血块已经风干成黑褐色。

五十岚真发现○○先生的尸体旁有一根高尔夫球杆。田中彻吓得失声："凶手就是用这个打死他的吧。"

"恐怕是这样。"

田中彻伸出手指，向躺在地上纹丝不动的○○先生靠近。颤抖的食指轻轻一戳，雕像一样僵硬的尸体忽然翻动，左臂手肘猝然脱臼。

不好意思，我本不打算讲得这么生动。

顷刻间，○○先生的身体变得支离破碎。你们照着人体模型的样子想象就对了。

田中彻脸色煞白，在屋子里踱来踱去，沉吟着"快报警"。他拿出电话，颤抖的手指却怎么也按不对号码。相反，五十岚真异常冷静。他望着没有呼吸的○○先生，暗自思忖：这就是原因吗？

田中彻因为睡眠不足，所以粗心大意，下错订单。

睡眠不足是因为邻居太吵。

那么，邻居为什么太吵呢？恐怕跟○○先生倒在这里有直接的联系。

也就是说，那天夜里，○○先生在这间房子里和什么人发生了争执。

虽然争执的起因和经过不得而知，但最终双方动了手，○○先生被对方用高尔夫球杆击中头部。这么说来，房间里确实凌乱不堪，像是发生过打斗。

"暴力。"五十岚真说出声。

"啊？"田中彻不明所以。

"这里发生过一起暴力事件，所以这个人才死掉了。"

"是啊。"

"也就是说，因为他在这里倒在血泊中，你才会下错订单，然后造成三百亿日元的损失。"

"五十岚先生，你在说什么啊？现在可不是想借口的时候。"

五十岚真推推眼镜，继续思考。

咱们这个因果关系故事，到这里也该告一段落。

世间万物皆有原因，原因亦有原因。

五十岚真稍加追溯，便找到了不少真相。你们明白了吗？

我再说一遍。

这里发生了一起杀人案。

因为纠纷发生时太过吵闹，住在隔壁的田中彻彻夜未眠。

因为彻夜未眠，田中彻敲错键盘。

便造成三百亿日元的损失。

怎么样？讲到这里，你们要推导出下一个问题已不是难事。

"○○先生为什么会遭人毒手？原因是什么？"

是的，就应该这么追溯问题。

怎么样？这个故事很长，分了好几回才讲完。五十岚真将会在半年后遭遇这样的现实。

让我讲这故事最合适不过，谁让我集攻击性和灵敏性于一身呢？我可是齐天大圣孙悟空的分身。

是的，如先前所说，我是孙悟空的分身之一。

经历了这一切，五十岚真的领带又在何处？这还用说吗？

我的故事

听到真人忽然说"我是齐天大圣孙悟空",我和边见姐不禁面面相觑。如果这时候真人能吐吐舌头说"逗你们玩"该有多好。可惜他并没有这么做。

真人坐在床边,正对着我们。

"真人。"边见姐轻声呼唤。又向我询问:"这是怎么回事?"看来边见姐也是第一次遇到这种情况。

我望向窗帘紧闭的窗户,好奇起窗外的情形。这股氤氲在室内的神秘不安与困惑,会不会影响到窗外?窗外的天空此刻是否早已乌云低垂、电闪雷鸣……

孙悟空?这是幽默吗?有的驱魔对象会失态地咆哮"我就是你的敌人,你想叫我恶魔就叫吧",这种反应不算家常便饭,但也并不罕见。既然是驱魔,称对方恶魔也不过分。

但我万万没有想到,刚开始驱魔,对方就自称孙悟空。

真人不像是在开玩笑。他怒目圆睁,眼神却没有焦点。话虽如此,他的眼神又不迷茫空洞，而像在捕捉整个空间。苍白的脸面无表情。

不知他手臂上刚起的湿疹怎么样了。

真人没有回答，只顾自说自话，那些机械的句子听上去十分神秘。他说话的对象不是我们，而是这世间所有人。

我虽然困惑，但也不能一直傻站着。仪式必须继续进行。

恶魔也好，孙悟空也罢，都不过是对方的自称，没什么差别。

我再次拿起小玻璃瓶，取下盖子，伸出右手举起这瓶液体。

"不是单纯把水洒出去就能大功告成。"我回想起洛伦佐父亲的声音，"要把自己的祈祷和思绪融入圣水，以此抚慰对方受伤的身心。"

我把水洒在真人身上，真人的反应又和以往的驱魔对象大不相同。他没有兴奋，没有嘲笑，没有愤怒，没有尖叫，更没有无视。他低头看着被水溅湿的衣服，好像在思索这是什么情况。

"你是谁？"我问道。

真人看向我，说："刚才不是说过了吗？我是……"

"孙悟空？"

这个只有在漫画里才会出现的名词，说出口让我觉得有些难为情。但真人仍旧一脸庄重，我只好紧绷着自己的表情。

"我是……"真人开口说道，"我是孙悟空，我也不是孙悟空。又或者，以上皆非。"

修禅般的回答，让我有些不适。

"你可知孙行者的身外身？"

"身外身？"

"身外身之术，又称分身之术。俺老孙只消拔下自己的毫毛，含在口中，吹一口气，喊上一声'变'，就能变化出八万四千个小孙行者。"

哦，原来如此，这么一解释我就明白了。但现在是什么情况，我还是不明白。

我的仪式刚开始，真人就忽然睁开双眼，我还没来得及庆幸他终于开口说话了，就发现他说的是什么孙悟空分身的故事。

遇到这种情况，谁还能心平气和。

边见姐投入地聆听儿子的发言，不肯错过一丝细节。我被她的认真执着深深打动。

"身外身四处飞散，袭击敌人。任务完成后就回归本身。"

"那又如何？"

"毫毛变出来的猴子们会变回毫毛。但有一回，有两只身外身没回归本身。"

"两只？"一开始我只当是一个寓言故事，渐渐发现真人的语气像在讲述一起过去的失踪案。

"两只身外身长得和孙行者一模一样，只不过体形较之略小，他们就这样走向远方。起先他们像两个迷路的孩子，但在迷途中渐渐找到了自己的方向。"

"他们后来怎么样了？"边见姐问。

"其中一只潜入阴暗的森林。一般说来，一段时间之后孙行者的身外身会变回毫毛，期限一到就会死掉。但这两只身外身不但没有死，反而不断成长。"

分身还能成长？

他们已不再是孙悟空的分身，而成了孙悟空本体。

"潜入森林的身外身起先捕虫果腹，舔雨止渴。渐渐地，他不再动弹。别误会，他没有死，而是蜷缩起来睡着了。睡梦中，他膨胀般迅速成长。"

听真人说着，我脑海里出现一只渐渐膨胀的胖墩墩的猴子。

"另外一只来到了海边。起先他以螃蟹和海草为食，后来也不再动弹，蜷缩身体睡着了。"

"像冬眠一样吗？"边见姐好像已经接受了真人的这个故事。

"和冬眠不同，非要打比方的话，更像昆虫化蛹。身外身一直在抑制一股体内的强大力量。"

"什么力量？"我问道。

"孙行者的力量。齐天大圣的力量非同寻常，分身也不能完全承受。短时间内虽然可以应付，但这两只身外身没能回去，对这股孙行者的能量渐渐感到无法承受。"

原来孙悟空这么厉害。

我不知道还能说什么，只好目不转睛地盯着真人，心里越来越在意窗外的情形。

这间屋子里正进行着如此荒谬的对话，窗外的时间却能若无其事地静静淌过。

✝

"孙行者的两只分身开始了不同的进化之路。沉睡在森林里的那只，为了配合体内的能量，身体越变越大。"

"这个故事太深奥,我听不懂。"边见姐拼命想跟上儿子的思绪。

"你可以想象自己在倒牛奶。"

"牛奶?"

"怎么做才能不让过多的牛奶洒出杯外?"

"怎么做?"

"只需要换个大点的杯子。同理,'森之猴'为了适应那股巨大的能量,不断膨胀变大。"

"有多大?"边见姐问道。

真人镇定地回答:"很大,比摩天大楼还要大。"

"有那么大吗?"我暗想,不知另外一只身外身情况如何。

"另外一只身外身'海之猴',"真人继续说道,视线依旧不知落在哪里,"他在海边沙滩上挖了一个洞躺进去,无法承受孙行者的力量,身体也没能变大。最终,那股力量超过了肉体的容量,发生了爆炸。但爆炸后释放的能量没有消失,四处飞散。回到刚才打的比方,还有一个方法可以不让牛奶洒出杯子。"

"什么意思?"

"如果牛奶很多,有两个不让牛奶洒出来的方法。换个大杯子,或者准备很多杯子。"

"很多……"我开始回味真人的话。

"孙行者力量过于强大,仅凭这一只身外身无法承受。但如果有很多身体一同承担这股力量,情况就不一样了。于是,孙行者的力量四散,依附在许多人类的身上。"

孙行者附身?这又是哪一出神话?"真人,你被孙行者附身了吗?"

"严格说来不是孙行者本人,而是身外身四处分散的能量。因此,除我之外,也许还有许多被孙行者附身的人。不,不是也许,是一定有。分散的能量在不同的国家依附在不同的人身上。"

我稍微挺了挺身子。刚听到这个离奇的分身故事时,我好像遭遇了一场突降的暴风雨,吓得手忙脚乱,而此时我已经恢复平静。真人讲的故事虽然荒唐无稽,但说到底,和自称恶魔的人所讲的故事并无区别。虽然讶异于孙悟空的故事,但只要像往常一样继续和对方沟通下去就好。

"简单来说,孙悟空的能量四处飞散,最后附着到真人身上。没错吧?"

"简单来说,就是这样。"

"为什么选择真人?"我整理了下西装,站到真人的正对面,逐渐找回了驱魔的节奏。

真人看着我的脸,因为他坐在床上,所以只能抬起头。

"就算你是孙悟空的分身,你为什么要选择附在真人身上?"

这是一个极其重要的问题。

驱魔的时候,我经常会问:"你为什么选择附在这个人身上?"对方的回答其实就是对方的自我分析。如果对方回答"因为这个男人总是缩在自己的世界",就说明对方虽然扮演着恶魔的角色,却清楚自己"总是缩在自己的世界"。这可以让对方借助恶魔的视角,客观地审视自己。

真人没有回答我的问题。我就这样默默等待着。

"这个男人,"过了许久,真人终于出声,"这个男人总是闷闷不乐,有许多烦恼。"

"原来真人总是闷闷不乐，有许多烦恼。"我用肯定的语气重复了一遍。驱魔过程中，重复对方的话可以表示自己深有同感，这也是心理咨询的基本方法。"这不是什么坏事。"

"他总是为找不到正确的做法而苦恼，最后却什么都做不了。像他这样的人最需要我。"

"原来真人总是为找不到正确的做法而苦恼。"

"善恶正邪，真假难辨。世上没有绝对的恶人，亦没有绝对的善人。善恶共存于人心，时而行善，时而作恶。"

"有好的一面，也有坏的一面。"

"是的。"

"那暴力呢？"我继续问道，"暴力是善是恶？"

这是真人自己的疑问，我这样问也许能引起他的兴趣。真人立刻紧锁眉头。"你是怎么想的？"真人问我，"暴力总是恶的一方吗？"

是这样吗……

我无法立即答复真人。我把"暴力"二字吞进大脑，努力咀嚼，发挥想象力说道："暴力，是潜伏在每个人身上的东西。"

暴力也是一种SOS。

"每个人身上都有暴力倾向，动物当然也有。但是相比动物，人类在生活中需要直面的压力更多，因此很难缓解。这些压力藏在身体的各个角落，最终发酵成暴力，从体内倾泄而出。说到底，暴力就是累积起来的压力。"

"为什么？"听到我这些底气不足的解释，真人尖锐地问道，"为什么不能使用暴力呢？"我的话好像投出去的球，立刻被对方扔了回来，十分恐怖。

面对这样的问题,我真的不知所措。

这个问题很像小孩故意试探大人"为什么不能杀人",问题的内容其次,关键是隐藏在问题深处的恶作剧心理,让人疲于应对。

"如果随意发泄暴力,就没有办法与他人共处。"我想此刻对方也许会有两种反应,一种是指责我"夸夸其谈",另一种则表示"不一定非要和别人相处"。喜欢质疑的人大抵如此。

出乎意料的是,真人问我:"如果暴力不是随意发泄的呢?如果遇到了无法原谅的事,可以使用暴力吗?"

"你是不是遇到了什么无法原谅的事?"我反问他。

✝

对话不算顺畅,但情况也不坏,接近我以往驱魔的场面。

真人一言不发,边见姐焦心地呼唤他的名字。

再次开口之前,我早已想好了要问什么:"你真的拥有孙悟空的力量吗?"

真人忽然抽动双眉,眼神锋利,虽然我仍旧找不到他视线的焦点。

"你说你是附在真人身上的孙悟空?我不信。你告诉我,孙悟空到底能干什么?"我故意挑衅。这也是驱魔常用的手法之一。

真人的表情蒙上一层阴云。"亏你还是个监视者,居然不相信我?"真人说完倏地站起身。

我一头雾水。

边见姐急切地呼唤着真人，想要靠近他，我抬手把她拦住。

有反应是最好的。

根据经验，对方此时也许会忽然发狂，或者敲击房门想要跑出去。

真人的个子比我想象中要高。他环视整个房间，然后说："还记得乌鸡国吗？"

"乌鸡国？"我不知道他说的是哪几个字。

一旁的边见姐马上会意道："是《西游记》里那个？"

"那是什么？"怎么又回到孙悟空的话题上了，我叹了口气。

"《西游记》里，有一回讲的就是唐三藏在乌鸡国发生的事。"

"俺老孙那时名叫立帝货。"真人说。

边见姐简要地为我概括了这个故事。

《西游记》里有一回，唐三藏面见乌鸡国太子，对太子撒谎说："我带来一件宝贝。"不消说，那宝贝就是孙悟空变的。孙悟空教唐三藏说"这宝贝通晓过去未来之事"，还胡诌了个名字叫"立帝货"。

"那时，孙行者说他通晓一千五百年过去未来之事。"真人仿佛在讲什么众所周知的事，比如世界杯预选赛上一记漂亮的传球。

"那不是骗人的吗？孙悟空只是假扮成那宝贝，并不是真的预知未来。"我再次挑衅。

"不是假扮，这是事实。立帝货名字虽假，但俺老孙确有那实力。预知未来不是什么难事。"

"既然如此，让我见识见识你的实力呗。"只有这句话才能惹怒对方。

真人走了几步，一口气拉开了窗帘。

阳光瞬时照亮整个房间。我仿佛被舞台聚光灯照到,暴露在所有观众面前,只觉拘束。

窗户也被打开,风掀动着窗帘,哗啦哗啦涌进房间。

我忽然觉得窗外有什么无形的东西也无声地闯进了房间。难道是孙悟空召唤来的妖魔鬼怪?我不禁感到毛骨悚然。

"俺老孙可以预知未来,想让我证明给你看?也好,那你就看好了。"真人把目光掷向窗外。

我不知道到底会有什么事发生,走近窗户,站在真人身后。

向外望去,可以看到宽阔的马路。

边见姐家建在缓坡之上,人行道和车道尽收眼底。

双向车道上,一辆白色汽车从右车道驶过。低沉的轰鸣声随着汽车渐渐远去,一切又恢复平静。

"看,"真人伸手指向窗外,"那个走路的男人。"

对面人行道上,一个西装革履的男人正在向右走去。他戴着眼镜,腰杆笔直。

"那是?"我完全想象不到真人接下来要说什么。

怎么才能展示孙悟空的本事呢?难道窗外会忽然出现一小朵云,真人会跳去云上向我展示一段优雅的空中飞行?又或者,他要掏出如意棒,把远处那个公司职员一棒打飞?

"那个男人叫五十岚真。"真人突然说。

"你认识吗?"边见姐问道。

真人仍然望着窗外,回答:"不认识,但我知道他。你们仔细看!"真人仍然没有放下指向男人的手指。

我拨开窗帘,定睛望着他。

随后，真人缓缓地关上窗户，又坐回床边。

"听好了，从现在开始，我就来告诉你们那个男人半年后会遇到什么事。"

"未来之事吗？"我和边见姐不约而同皱起眉头。

"这种小事，俺老孙手到擒来。"

真人深深吸了口气。

转瞬间，窗帘肆意摇摆，仿佛房间里空气都被真人吸走了似的。屋里的灯光骤然熄灭，室内一片昏暗。

我慌忙看向边见姐，而她正全神贯注地盯着真人。

"接下来我要讲的……"真人开口说道。

他像是在即兴表演讲故事，又像真的在预言发生在未来的事。总之他的声音浑厚高昂，仿佛听众不是我和边见姐两个人，而是芸芸众生。

"接下来我要讲的，是一个因果关系的故事。想我堂堂孙行者，曾因大闹天宫被压在五指山下。没有前因，就没有后果。无风不起浪，说的就是这个理。要解释这因果关系，就要讲到一个名叫五十岚真的男人。五十岚真的工作正巧就是'调查事情的起因'。"

借助孙行者的力量，真人继续讲述这个发生在半年后的故事。

"五十岚真独自吃着午饭。咱们的故事就从这里开始。这天，办公室十二点的铃声刚刚响起，五十岚真就起身前往附近一家名叫釜屋的锅饭地下餐厅，点了一份午市套餐。这时的五十岚真已有四十岁。"

既然这是猴子讲的故事，那就取名叫"猴子的故事"吧。

五十岚真的故事

刚走出便利店,我就被一个声音喊住。路旁不知从何时起摆着一只花瓶,里面零星插着几朵小花。虽然都说今年是暖冬,寒冷的日子却从新年持续至今。晚上十点过后,我总在下班回家的路上冻得双手发僵。

这样的严寒中,花瓶里的小花却毫无防备地赤裸于天地之间。

我的脑海中忽然闪过荣格自传里读过的句子:"植物没有自我意志,严格遵循神界之美与思想,从未背离。"

花朵凛然绽放在夜色之中,透着寂寥,又带着朴素的坚韧。这让我忽然有些理解,何为"神界之美"。

大风袭来,我穿着大衣仍感觉到脖颈处的寒意。这下,孩提时代的回忆也被吹了过来。我想起学校的体育老师说过的话。

当时我们穿着短袖短裤的运动服,感叹着天气寒冷。体育老师对我们说:"冷了就运动!热了就脱衣!"这话还有几分道理。他接着又说:"留在南极的太郎和次郎可比你们冷多了!"这话也太牵强附会，我苦笑不堪。

"是五十岚先生吗？"我转过身，发现一个男人站在我对面。

这个人三十出头，已称不上是年轻人，也不像经验老到的中年人，仿佛一个年轻的天真男人，随着岁月流逝，逐渐变成一个徒增年龄的天真男人。

"是五十岚先生吗？我叫远藤二郎。"男人自报家门。

我以为对方会递来名片，但他没有。

"能和您聊两句吗？"他打开身上的背包，窸窸窣窣地翻着。

深夜的马路上，陌生男人究竟要从背包里掏出什么？我不禁警惕起来。对方取出一份报纸摊开说："请看这则新闻。"报纸上赫然印着一排巨大的标题：

1 股 41 万日元 → 1 日元 41 万股
大庵证券错误订单导致 150 亿日元损失

这是昨天的报纸。

"有什么事吗？"我努力保持镇定。

"五十岚先生在调查这起错误订单的原因吗？"

我盯着远藤二郎，为怎么回答而苦恼。

他继续说道："您在一家系统开发公司工作，公司派您到大庵证券调查事故原因。是这样吗？我说的对吗？"他的样子不像胸有成竹或虚张声势的占卜师，倒像一个小心翼翼核对答案的考生。"五十岚先生是单身吗？"

"干吗忽然问我这些？"

"您离过婚吗？"

其实我大可以当场对他发火，可我并未心生不快："我和老婆一年半以前离婚了。怎么？你为什么知道这件事？"

"那就是前年？不是过了三十岁离的吗？"

"我今年四十一岁，在三十九岁离婚。不知道算不算是过了三十岁离的婚。"

"三十九岁？这点不对呀。"

"有什么不对？"

"这和我听说的不一样。"远藤二郎小声嘟囔着，带我拐进一条小道。走到某栋大楼旁，他指着楼梯问："可以一起喝一杯吗？"

不知不觉，我竟与他聊着天散起步来，还受他邀请一起喝酒。

我不太清楚自己身上究竟在发生什么。这个男人突然登场，没礼貌地问了我一堆奇怪的问题。我为什么非要和他一起去居酒屋喝酒呢？简直不可思议。

但是，我没抵抗事态的发展，跟着他走进居酒屋。

我到底是怎么了！我对自己的行为不解，暗自分析起这样行动的原因。

进了居酒屋，远藤二郎对店员说："一会儿还有三个人要来。"顺便也把这个消息告诉了我。

"还有别人要来吗？"我问。

"嗯,都是我的朋友。他们也想问您一些事情。"

居酒屋的内置灯光营造出室内既妖艳又甜美的氛围。刚坐进包间,远藤二郎便给稍后要来的三人发送信息。

"没想到五十岚先生是这样的人,轻易答应我这个陌生人一起来喝酒。"

"明明是你邀请我来,却这么说……你对我有什么先入为主的印象吗?"

"先入为主的印象?"

"为什么觉得我不会答应陌生人去喝酒?"

远藤二郎犹疑地点点头,说:"是有些先入为主的印象。有吻合的地方,也有不吻合的地方。"他接过服务员刚送上的啤酒,朝我举杯。

我举起手边斟着乌龙茶的玻璃杯。

远藤二郎客气地说:"真是抱歉,疲惫的下班归途上喊您出来。干杯!"

两只杯子相碰而鸣。我不禁回忆,自己已经多久没这样和别人碰杯了?就连没离婚时,我也一直独自饮食。

"我也想不通,明明素不相识,为什么会跟着远藤先生来喝酒。"我解释道,"其实当中有些缘由,也不是不能分析。"

"什么缘由?"

"刚刚走出便利店的时候,我想起自己的小学时代。"

"小学时代?"

"嗯。那时我们冻得瑟瑟发抖,体育老师却鼓励我们学学《南极物语》里的太郎和次郎!"

"他的鼓励估计没什么效果。"远藤二郎笑道。

"嗯。总之我正在回忆里神游,你忽然出现,还报上了自己的全名。"

"哦……我也不知道为什么就说出了全名,自己也没太注意。"

"而且,你的名字居然和《南极物语》里的小狗一样!"

远藤二郎一时瞠目结舌:"那又怎样?"

"我的体育老师就姓远藤。"

听了我的解释,远藤二郎若有所思:"这……"

"我想这些偶然也许有特殊的含义。"

"不就是偶然事件吗?"

"你听说过 constellation 这个词吗?"我问道。

"什么 lation?"

"Constellation 本来好像是星座的意思,在日语里也有排列配置的意思。"

"哦……"

"散落在空中的星星,如果从足够远的位置眺望,会呈现出狮子或天鹅的形状。同理,看似偶然的事情彼此间存在着宏大的意义。这个单词指的就是因缘际会,就是有意义的偶然。总之,当我沉浸在远藤老师和小狗次郎的回忆里时,远藤二郎先生恰巧出现了,这就是 constellation。"

"您愿意听我讲话,原来是因为constellation?"

我不禁有些难为情。"听上去是不是很可疑?也许我只是很喜欢偶然和巧合吧。Constellation也是一个心理学名词。"

远藤二郎模棱两可地表示,自己在学生时代也学过一些。"心理学把梦境中的一切都和性联系在一起,可真的是这样吗?"他天真地问。

"你说的是弗洛伊德心理学吧。荣格就是因为对这种说法不满,与弗洛伊德决裂了。"

"原来如此。"

"不过荣格的心理学带有很强的神秘学色彩,经常被人批判不伦不类。"

远藤二郎眯起双眼。"五十岚先生,您很了解心理学吗?"

"我不是心理学专家。只是在工作中,我需要与各种各样的人交谈,逐渐对分析心理学产生了兴趣。分析心理学与我的工作有许多重叠的部分,后来就读了几本相关的书。"

"哦,是这样啊。"远藤二郎指着我玻璃杯里的乌龙茶,接着说,"不好意思换个话题,五十岚先生真的不喝酒吗?"

"这也是你对我先入为主的印象?"

"准确来说不是先入为主的印象,我只是听人这么讲过,那是一个预言……"

"预言?"

"听起来是不是很可疑?"

"比荣格还要可疑。"

"五十岚先生居然这么信任我,还跟着我来喝酒。"

"并非信任你,只是我相信自己不会受稀奇古怪的事所骗。"我尽量让自己的话听上去不那么刺耳,但我的确有这样的自信。工作上,我经常与各种各样的人打交道,调查他们的背景,分析对方的借口和抱怨。因此,无论是遇到上门推销还是新兴宗教的传教,我都能淡然客观地谨慎对待。

店里暖气很足,穿着高领毛衣的远藤二郎看起来十分闷热。

"你对我还有什么先入为主的印象?我可以问吗?"

"还有,在脑门上缠领带?"

"缠领带?"

"五十岚先生不会这么做吧?"远藤二郎舒展脸颊,微笑起来。

"不会……"

"真不知该从何说起,我就想到什么说什么好了。"远藤二郎举棋不定地说,"没想到,认识的第一天就能告诉您这件事。"这话听上去很像在为他的突兀找借口。看样子,他一开始就对我的回应不抱希望。"半年前,我遇到一个年轻人。他是个二十岁的蛰居族,名叫真人。"

"蛰居族?"

"我在做类似上门心理咨询的工作。去他家拜访的时候见到了他。"

我没有仔细询问上门心理咨询的内容,毕竟听名字就能了解一二。而且从远藤二郎躲闪的目光看来,上门心理咨询大概率是假话。没有追究的意义。

"起初,他昏迷不醒、失去意识,我没机会听他开口讲话。"

"蛰居族都会陷入这种状态吗?"

"不会,一般来说蛰居不会自我封闭到这种地步,他是个少见的例子。第二次拜访时,在我的呼唤下,真人突然开口说话。"

"他说了什么?"

"半年后将会发生的事情。那真是个奇妙的故事。"

"半年后的事情?也就是说……"

"就是现在。半年前他预言的,就是现在。"

"那究竟是怎么一回事?"

"就像核对答案一样。对不起,太热了。"远藤二郎终于忍不了室内的高温,脱下毛衣,"我是来核对答案的。我想看他到底有没有预言对。"

远藤二郎只喝了一杯啤酒就已经面红耳赤,他翻弄起自己的背包,取出一份报纸摊开说:"就是这个。"刚见面时,他就把这份报纸拿给我看过了。

这次他指着一篇短小的报道,题目是"身份不明男孩被收容"。

我凑近浏览这篇报道。

三天前,一个深夜滞留在外的男孩被相关机构收容。印象中我在网上也读到过这则新闻。男孩身上有受虐的伤痕,当时他奄奄一息,意识模糊。男孩被发现的地方就在我家附近,所以比起其他新闻,这则新闻和我更有联系。

"真令人痛心,希望能早点确认他的身份。"

远藤二郎慌忙说:"啊,搞错了。不是这篇,应该是这篇。"说着,他把报纸翻到另一面。

这演的是什么戏?还是单纯翻错了面?这次,翻到了大庵证券错误订单案的报道。

证券公司职员受客户委托,准备卖出一股四十一万日元的股票,在操作系统的时候却犯了错,输入成了一日元四十一万股。

这一举给市场造成了巨大的影响。

这则新闻的确和我有密切的联系。

"真人半年前就预测了这起错误订单案。"

"他预测会发生这起案件?"我注视着远藤二郎。

"他还知道你在调查这起案件的原因。"

远藤二郎知道这么多,我都没有想要中断与他的交谈。"的确。就在昨天,公司安排我去调查。"

"真人半年前就说过。"

"真的吗?"

"也就是说,真人的预言成真了。五十岚先生是某系统开发公司的职员,对吧?您在那里从事品质管理的工作,工作内容就是调查故障原因,对吗?您接到了公司命令,去证券公司调查错误订单案,是吗?"

我惊讶不已。

不是因为他的预言多准确。

恰好相反。

他完全没有说中。

"啊？没有说中吗？"

"首先，我是大庵证券的职员，不是系统开发公司。其次，公司确实委托我去调查案子，但那是因为我在大庵证券的总务部工作。话说，这么大的案子，证券公司怎么会交给其他公司的人去调查？"

远藤二郎怯场了，说："那是因为……不是有第三方机构吗？公司内部调查丑闻，没什么公信力，所以就聘请五十岚先生这样的外部人员来调查……"

"不对，我是大庵证券的职员。"

远藤二郎没有因此特别沮丧，只是嘀咕道："原来是这样。没说中的地方有很多。"

"什么意思？"

"真人的预言有说中的地方，也有没说中的地方。半年前我听到的故事里，证券公司的名字不是大庵，出事的公司不一样，损失的金额也不一样。五十岚先生离婚的年龄也没说中。还有，五十岚先生是证券公司职员，和系统开发没有任何关系。"

"准确地说，也不是没有关系。大约一年前，我还在一家叫桑原的系统开发公司从事品质管理的工作。"

"原来如此，还是说中了一些。虽然不能说完全正确，但也差得不远。"远藤二郎的表情豁然开朗。

"但现在我就职于证券公司，不是系统开发公司。"

"您的工作内容是调查事件的因果关系吗?"

"我的工作是帮助职员解决困难。和远藤先生一样,有时我也提供心理咨询。不过,你这么一说,我倒是发现这工作的确需要调查事件的因果关系。"我暗自感叹这个定义真是贴切,"我需要探究职员烦恼的根源,尽可能地为他们排忧解难。"

"所以您才开始学心理学吗?"

"嗯。"

"半年前真人讲的故事特别奇怪,情节荒诞无稽,跟神话似的,根本不像预言。"他观察着我的脸色,好像难以启齿,但还是飞快加上一句,"里面还混杂着《西游记》的情节。"

"《西游记》,是我理解的那个《西游记》吗?"

"是的。《西游记》里不切实际的那些情节。再说,证券公司职员因为粗心大意下错订单,导致数百亿日元的损失,进而干扰整个市场——这种故事简直是天方夜谭。"远藤二郎耸耸肩,充满暗示地扬起一边眉毛,"所以半年前,我只当真人说的是寓言。"

我逐渐明白了这个人来见我的原因。

"但这个天方夜谭,真的发生了。"我望着他拿来的报纸,"下错订单这起案件真的发生了。"

远藤二郎乖乖地点头。

他的思路应该是这样的:如果下错订单的预言成真了,岂不是说明,蛰居青年预言里的其他内容也会应验?

所以,他才来找我核对答案。

"你是怎么找到我的？"

"其实没有那么费劲。虽然没有确切的根据，我总觉得会在那家便利店遇到您，昨天和今天，我都在店里等待，不抱什么希望地等着。"

"你知道我常去那家便利店吗？这也是预言吗？"

"这倒不是预言。"面红耳赤的远藤二郎摇头道，"真人的活动范围只有自己家和那家便利店，所以他认识的人里，除了家人，就是在便利店遇到的人。而他的故事里，五十岚先生是主人公。据此推断，他也许在便利店见过您。"

主人公？一阵复杂的情绪涌来，我感觉腰间被一股意外的力量戳中。

服务员走过来，咚的一声把刺身船放在桌子上。

我拿起筷子伸向生鱼片，向远藤二郎确认道："也就是说，我和那个叫真人的蛰居青年在便利店里见过面？"

"大概是这样。"

我刚想否认，脑海中便闪过一个画面。

那是一个夜晚。

虽说已到夜晚，气温仍旧很高。一走出便利店，身体上的冷气保护膜就消散殆尽，腾腾暑气席卷而来。

这是一段夏天的记忆。

高温难耐，我站在原地准备脱下西装，却被人从身后撞了个正着。我的公文包被撞飞，里面的公司文件散落一地。

那时我还是桑原系统公司的职员，但已经在考虑跳槽，文件里也许还夹着大庵证券的招聘材料。

撞我的是个年轻人，他帮我捡起资料，嘴里还嘟囔着什么。后来我才发现他是在道歉。他看起来不善于表达自己的情感和意见，虽然露出歉意，说的话却含糊难辨。

尽管如此，我们还是稍微聊了两句。他告诉我他经常因为人际关系而烦恼，还问我系统工程师是不是只要面对电脑和程序就可以。

"完全不是。"我立刻回答，"虽然大把时间都花在电脑和程序上，但还要花更多时间与人沟通。"我从事品质管理工作时，也常常为人际关系苦恼。我还告诉他："虽然不想吓唬你，但系统工程师这一职业的自杀率很高。"

这话千真万确。

系统工程师的自杀率高得让人吃惊，待遇差，责任大，最终被逼入精神绝境。

我之所以对心理学感兴趣，也有这方面的原因。

这个年轻人有气无力地说："原来世上没有恰到好处的工作。"

"那就是真人吗？"我问远藤二郎，"那天我们在停车场聊了会儿天。我还递给他一张自己的名片，跟他说了很多工作上的事。"

"真人在自己房间闭门不出。有一天，他讲了一个富有预言色彩的奇妙故事。"

"就是混杂着《西游记》情节的那个故事吧？故事的主人公正

是我，对吗？"

"对，真人分好几回，花了好多天才讲完这个故事。每到一部分，他就用一句'且听下回分解'结束对话。"

"且听下回分解？"

"《西游记》里每章的结尾好像都有这句话。每次听到这句话，我就离开他家，直到下次休息日，再前去拜访。"

"好像热衷家访的老师啊。"

"还真是。总之每次去，他都会开启新的故事章节。故事里不仅有孙悟空，《西游记》里的牛魔王和其他妖魔鬼怪也轮番登场。而故事主线竟是股票错误订单案的调查过程。"

"真是异想天开。这个故事有结局吗？"我饶有兴致。如果故事的结局可以揭示订单错误的原因，就帮了我大忙。我期待从故事的结局中得到借鉴。

"其实，"远藤二郎吞吞吐吐，"在那个故事中，五十岚先生……"

"当主人公还真是有点不好意思。"我并不觉得主演本剧有多么光荣。

"故事里的五十岚先生在某间公寓里，发现了一具尸体。"

忽然听到"尸体"这个词，我略感惊讶，但并没有特别意外。

"您不觉得可怕吗？"远藤二郎对我的反应感到不解。

"用心理学上的话来讲，人被压抑的想法大多会通过梦境或者这种虚构故事展现。梦中出现尸体并不算特别。"

"那您可以用心理学的方法分析真人讲的故事吗？"远藤二郎身体前倾，"孙悟空和股票有什么深层含义？您知道吗？"

我摇了摇头说："逐一分析梦里的东西没什么意义。弗洛伊德可能会这么做，但至少荣格不会。"

"哦，原来是这样。"

"嗯。'梦中出现铅笔，代表热爱学习'这种说法很牵强。况且，如果想要和性欲挂钩，几乎什么东西都能搬出来说。比如只要有长条状物体，就联系到男性生殖器。"

"这样啊。"

"所以，分析心理学把握的是整个故事的脉络。"

"整个故事？"

"最基本的方法就是直接和当事人对话。这样就能在对方的潜意识中发现症结。我能去见见真人吗？"

远藤二郎面露难色。"真人已经去信州了。"他把目光瞥向墙壁。可那里也不是信州的方向啊。

"真人跟我讲完这个故事后，还是闭门不出。"

"恢复原状了吗？"

"好像比原来还严重。他不和任何人产生任何交流，如果要比喻的话……"

这用不着比喻。

我刚想提醒，远藤率先开口："真人就好像《西游记》里被压在五行山下的孙悟空。他的母亲很担心他，于是带着他去信州的别墅，打算母子二人生活一段时间。"

"就像是异地疗养？"

"大概是吧。"

"他们还有别墅，真是富裕之家，真羡慕。当今这世道，还是有很多有钱人啊。"

"好像是他叔叔的别墅。他的叔叔很会炒股,是位守财奴先生。"

守财奴先生,听上去倒是很可爱。

"异地疗养的效果如何?"

"好像不差。真人母亲打电话告诉我,真人还会与他叔叔交谈。只是……"远藤二郎欲言又止。

"只是什么?"

"昨天,我接到真人母亲打来的电话,她说真人忽然不见了。"

"不见了?"听到这里,我的脑海中浮现出一只挣破岩石的猴子。他的四肢再也忍受不了禁锢。他气势磅礴地直冲云霄,自由自在地遨游于天地之间,逐渐消失在远方。"真人去了哪里?"我问道。

正在这时,传来一阵笃笃笃的脚步声,话题被迫中止。

我疑惑地抬起头,只见店员走进包间,身后还跟着一个女人和两个男人。

包间立刻变得拥挤不堪。

"哎呀,好热闹啊。二郎真君,你怎么不等我们,就擅自开始了?"一个胖乎乎的女人在远藤二郎旁边坐下,拍得他的肩膀乓乓直响。

"雁子小姐……好疼、好疼……"

"我还以为你喝醉睡着了呢。"

"没睡着。我酒量很好,只是脸红得快。这个地方好找吗?"

"多亏有你刚才发过来的信息。"

"别说这些没用的了。怎么样，二郎真君，真人的预言说中了吗？"一个身材魁梧的男人强行从我的右侧挤过来。

男人穿着短袖，留着寸头，手臂粗壮。这么冷的夜晚，为什么他穿得如此单薄？我不禁分析起其中的缘由。也许，他是从暖气很足的地方一出门就坐车过来的，所以感觉不到室外的寒冷。又或许，他穿了暖和的上衣，不过在进门前脱了下来。

"我是五十岚。"我介绍自己的姓氏。

那个叫雁子的女人咧开嘴指着我说："啊呀，是真的！和二郎真君说的一模一样。我以前见过你哦。"她又对着旁边一个系领带的男人说："喂，是不是？"那个男人的外貌举止，像是哪家餐厅的服务生。虽然不确定他的年纪，只觉得他像个礼貌寡言的学生。

"我们在哪里见过？"我问。

"欢迎光临。"我旁边的大块头男人气势如虹地说道，整个包间的地板都为之震颤。我转头看他，他堆起满面笑容："感谢您平日的惠顾。"

"你是那个便利店的……"

"我是店长金子。期待您的再次光临。"说着，他在桌椅的缝隙间勉强起身，朝我鞠了一躬。

"雁子小姐他们经常在便利店的停车场练习唱歌。"远藤二郎追加解释。

"哦……"我应声道。去便利店的时候，我见过几次排练。当时我还纳闷那是一群什么人，为什么非要在深夜唱歌。原来就是他们。

"所以呢，真人的预言说中了吗？"女人问远藤二郎。

"刚才我们正在谈论这个话题。"

"哎呀，二郎真君，你太磨蹭了，真不知道该说你是懦弱还是认真。你们才谈到序言部分吧？要让你聊到最后的关键问题，估计要撑到第五章。我就开门见山啦。"

"雁子小姐，还是要按顺序说清楚才好。"

"喂，小兄弟，快告诉我们，下错订单的负责人是谁？"

"你想要我告诉你们事故负责人的信息？"

"对，快告诉我们那个人的住址。"

我原以为她会问我一些更笼统的问题，比如对预言的分析啦、身为故事主人公的感想啦，等等。没想到她居然问我负责人住址这样具体的信息，让我措手不及。

我努力不让视线飘向公文包。公文包里放着员工资料，当然也包括资产管理科中野彻的个人资料。就是他在两天前，输错了新兴股火焰山股份有限公司的订单。

"你被别的公司派到证券公司，去调查那起错误订单的案子，是不是？"

"雁子小姐，这和事实稍有出入。"远藤二郎涨红脸插嘴道，"五十岚先生不是别的公司派去的，他就是证券公司的职员。真人的故事和现实有许多不吻合的地方。"

"不用在意这些细节！"旁边正在点单的金子店长忽然大吼一声，蹲在一旁的服务员被他吓得浑身一震。"听好了，只要大方向准确就没问题。既然错误订单的案子已经发生了，现在就必须去这个负责人邻居的房间调查，对吧？"

"邻居的房间？这是怎么回事？"为什么要调查他的邻居？

居酒屋的包间被一片不祥的气氛笼罩。

房间里升起一片迷雾，模糊了视线，这和间接照明那种考究的昏暗灯光完全不同。也许是过道里的香烟烟雾飘进了包间，我只觉得四周昏暗，空气凝固，双肩沉重。这的确很适合五个成年人聚在一起聊奇闻怪谈。

"我不知道污稀烂先生现在调查到哪一步了……"叫雁子的女人开口说道。她为什么把我的姓氏喊错？究竟是有意还是无心？雁子接着说："但是订单出错的原因，就是那个职员粗心大意。"

我差点认同她。这种可能性的确很大。但现在我只知道，订单出错是因为中野彻输入错误。这也很可能是粗心大意所致。

"至于那个职员为什么犯了粗心大意的错误……"

"你要追究粗心大意的原因吗？"

"对啊。原因啊，就是前一天他睡眠不足，上班的时候很困。至于为什么会睡眠不足……"

等一下，我当然要在这里打断她："这些都是真人说的吗？"

远藤二郎点头道："半年前说的。"

"我没有直接听真人讲过，都是从二郎真君这里听到的。怎么样？答案正确吗？那家伙真的睡眠不足？"

我摇了摇头。"现在我还不清楚，调查才刚刚开始。明天我会和事故负责人中野先生见面。他现在——"

"请假在家休息吧？"金子店长抱着手臂低声说道。

确实如此。

"负责人姓中野？"远藤二郎问。

我吃了一惊，居然把这么重要的信息说漏了嘴。这可不像我会犯的失误。

"好了,言归正传。那个谁来着,中野?中野之所以睡眠不足,好像是因为前一天夜里隔壁太吵,让他彻夜未眠。"

"你是想说,会粗心大意犯错,要怪他睡眠不足?"我用吸管搅动玻璃杯里的乌龙茶,杯子里的冰块叮咚作响。

"睡眠不足好像会导致大脑功能退化。"远藤二郎时不时窥探我的反应,"相关人员睡眠不足,是导致NASA发射失败的主要原因之一。"

"这是谁说的?"

"五十岚先生说的。"远藤二郎马上改口,"不对,是真人故事里的五十岚先生。"

一阵奇妙的感觉拂来。是吗?原来我说过这种话?我想象着世界上的另一个自己。

"还有,在真人的故事里,您想要去调查睡眠不足的原因。"

"我?"

"对。然后,您查到了原因。"

"睡眠不足的原因吗?"

"这个原因就是,隔壁房间里有人被杀了。"

我看着远藤二郎问:"就该尸体登场了,是吗?"

他点头默认。

"也就是说,隔壁房间有人被杀,声音吵闹,导致中野先生睡眠不足,第二天下单时犯困出错。是这样吗?"

"一点就通,你真是太靠得住啦!要是明白了这些,后面的事情也能举一反三吧?"雁子咬下烤串上的肉,用竹扦指着远藤二郎拿来的报纸,"真人故事里的股票案,最近真的发生了,对吧?"

"是啊。"

"因为敲错电脑键盘,导致损失了几十亿日元,这怎么听都像是胡诌的,令人惊讶的是,居然都成真了!"

"既然错误订单案发生了,那么,是不是真的有人已经死掉?你们是这么想的吧?"

"聪明!"雁子晃动竹扦赞叹道。

就算如此,他们要我交出员工住址,我也不能轻易答应。原则就是原则,规矩就是规矩,这是我的底线,不能妥协。

但是,金子店长破了我的规矩。他抢走我的公文包,直接打开,掏出了公司资料。一气呵成,我连反抗的机会都没有。

金子店长仿佛有对文件的嗅觉,他灵活地转动粗壮的手指,很快抽出一张纸。"找到中野那家伙的信息啦。他叫中野彻,住址是——"金子店长咧着嘴一字不差地念了出来。

这种时候,我本可以提出抗议,也可以勃然大怒,但这群人抢在我表态前叽叽喳喳道:"即刻动身,前往这个地址。"

"即刻动身?"就连远藤二郎也不明所以。

"喂,找我们来商量这件事的人是你吧?人命关天,不能待在这里磨洋工。"

"可现在已经很晚了,人家会生气的。"远藤二郎说。的确,已近十二点，日历马上要翻到新的一页。这个时间并不适合拜访陌生人的家，恐怕比擅自打开别人的包还要过分。

一转眼，我们已经走出店门，夜晚冷彻的空气顿时钻入身体。

远藤二郎打着寒战嘀咕道："真人的故事里，下错订单的负责人叫田中彻。"他还望向我的公文包。

"现实里是中野彻。"

"虽然没有全对，也已经很接近了。"

我、远藤二郎还有雁子三人坐进一辆出租车，金子店长和服务生一样的男人则留了下来。"一下子这么多人过去，会让对方觉得困扰吧。"金子店长说道。为什么刚才和我见面的时候，他们没想到这个问题？

"事不宜迟。既然已经知道住址，那就只好动身啦。好嘞，出发！"雁子声势浩大。

我把资料上的住址告诉司机。司机兴味索然地打开导航，输入目的地。

"可是，"出租车刚启动，雁子忽然问道，"真人为什么忽然讲起这个神话？"

"哎，什么意思？"

"他为什么要跟二郎真君讲这个猴子的故事？还说这是预言？"

"因为我挑衅他，问他到底有什么本事。他就说能预知未来。"

"也许，他把潜意识里的欲望和读过的孙悟空故事混为一谈，说了出来。"

"到底是怎么回事呢……"远藤二郎百思不解。

"怎么想都很奇怪吧？一般人会说出'我是孙悟空'这种话吗？

难道他真以为自己是孙悟空？这就是所谓的 cosplay 吗？"

"孙悟空？这是怎么回事？"我扭头看着远藤二郎和雁子。

"哎，还没告诉你吗？"雁子的声音不大，却响彻整个车厢。

"雁子小姐，忽然提这个，会让五十岚先生困扰的。"

"你已经困扰他了。"

听到雁子的话，我不禁苦笑。如她所言，我早就感到十分困扰。

"话说回来，你长得很像唐三藏嘛。"雁子对我说，"事情是这样的。真人本来在家躲着不说话，但有一天忽然开口，说自己是孙悟空。"

"雁子小姐，严格来说不是孙悟空，是孙悟空的分身。"

"二郎真君，你太计较啦。"

"真人自称是孙悟空的分身？"

"五十岚先生，您没想到这个故事这么离奇吧？连孙悟空的分身都出现了。"远藤二郎又在偷偷打量我。

"听上去很有趣。"我回答。

"您这人也真够古怪。"

"荣格的自传里也有一个有趣的故事。"我向他们提起一个关于荣格的小插曲。

"荣格？"雁子看起来很惊讶。

"嗯，是一个女患者的故事。那女人经常对自己的妄想高谈阔论，动不动就说'我是女妖罗蕾莱'，医生们因此都很头疼。荣格调查后发现，她说的话别具深意。"

"自称女妖还有深意？"

"还是由医生的话引起的。"

"医生？"

"嗯。医生们听她说完妄想，总会先说一句'虽然不知道是什么意思'。"

"这话是什么意思？"

"比如医生一被问'刚才她说什么了'，就经常这么回复'虽然不知道是什么意思，但她刚才说这啊那啊之类很奇怪的话'。"

"哦，原来是这个意思。"

"嗯，有首歌就叫《罗蕾莱》，歌词第一句就是'虽然不知道是什么意思'。"

"那又如何？"

"女患者听到了医生们的对话，以为医生在引用这首歌的歌词。《罗蕾莱》好像是唱女妖罗蕾莱的，女患者就以为，因为她是女妖罗蕾莱，所以医生们张口闭口都是这句歌词。"

"哦……"远藤二郎冷淡地回应。

"她还说过'我是苏格拉底的代理人'。"

"她把这种泰斗级的人物都搬出来啦？"雁子说。

"当然，医生们认为这也是一种妄想。"

"这怎么看都是妄想啊。这不会也有什么原因吧？"

"荣格认为，女患者应该知道苏格拉底曾遭人污蔑，她想表达的是她和苏格拉底一样遭到了别人的污蔑。"

"哇！"雁子真诚地感慨，"你这么一说，我也觉得很有道理。"

"可是……"远藤二郎好像不太接受我的理论，委婉地强调道，"真人好像完全进入了角色，真的觉得自己就是孙悟空的分身。"

"为什么非得是分身啊，直接当真身不好吗？"雁子的关注点很奇特。

于是，远藤二郎向我简要解释了真人的理论。据他说，有两只分身从孙悟空真身上逃跑，其中一只身体逐渐变大，另一只则发生了爆炸，身上的能量四散。其中一股能量，便依附在了真人的身上。

"客人，话说……"忽然一个陌生的声音响起，疑惑的我很快发现，声音来自驾驶座上的男人。

我望向副驾驶一侧，那里放着司机的介绍牌。照片里的司机看起来老实巴交，满头白发，长相颇似松鼠。

"你们听说过埃及学者多萝西吗？"

司机加入了对话，这下轮到我们三人面面相觑。

"别误会，只是听到你们讲的，我忽然想起来，前不久电视上刚介绍过。"司机虽然像个谨慎的人，说起来却滔滔不绝，"有个叫多萝西的女人，是名学者。她各方面都很优秀，有个地方却很奇怪。"

"什么地方？"远藤二郎问。

"她宣称自己的前世是古埃及法老塞提一世的情人。"

据说多萝西还是个孩子时，看过古埃及碑文的照片后说"我懂这种语言"，看过塞提一世神殿的照片后又大喊"我曾经住在这里"。

"她说每当夜晚降临，塞提法老就会来与她相会。"

"这不是单纯做梦吗？"远藤二郎的语气掺杂着好奇与质疑。

"这只有她本人才知道了。但据说，她真的从塞提法老那里得知很多秘密情报。"

"什么情报？"

"比如神殿庭院的准确位置。还有斯芬克斯，那个狮身人面像。以前不都说斯芬克斯是某个法老建的吗？"

"哈夫拉法老。"

"污稀烂先生，你知道的可真多啊。"

"塞提法老告诉多萝西，斯芬克斯在哈夫拉法老之前就有了。"司机继续说道。

"哇，这也是真的吗？"雁子兴奋地笑道。

"后来，有人根据石头风化程度之类的线索推测，斯芬克斯或许在哈夫拉法老之前就已经竣工。为此人们还展开了一场争论。"

"哎呀，天哪。"

"虽然还不知真假，但也不能断定多萝西的话就是胡说八道。"司机转动着方向盘。

雁子双臂环抱，感叹道："说不定她真的是投胎转世。"

"或者，"远藤二郎说，"因为多萝西是一名优秀学者，熟悉古埃及文明的方方面面。这和投胎转世是两码事。"

"你说得对。"司机体贴地说，"电视里的专家也是这么说的。多萝西热衷于埃及研究，沉迷于历史遗迹。或许因为她学识渊博，直觉敏锐，才注意到许多别人遗漏的细节。"

"原来如此。"

"那位专家最后还说……"

"说什么?"

"多萝西到底是不是投胎转世,答案根本无所谓。"

远藤二郎笑道:"答案根本无所谓……这像是专家说出的话吗?"

"但我听他这么说,倒是松了一口气。"司机看起来很高兴,"如果投胎转世被全盘否定,还挺让人伤感呢。总之,多萝西相信自己的前世就是古埃及人,也确实取得了不俗的研究成果。大千世界无奇不有,所以你们那个孙悟空的故事,也不可信其无。"

"这样啊。"远藤二郎回答。

"可是,"雁子中气十足地说,"我还是觉得孙悟空的故事太异想天开了。古埃及法老也就算了,这可是孙悟空啊,历史上根本就没有这号人物吧?"

"还是只猴子。"远藤二郎耸了耸肩。

终于,汽车导航响起——"即将到达目的地附近。"

"这机器能不能别说得这么模糊啊。"雁子叹了口气。

司机好像故意补充:"差不多到了。"

走下出租车,为了御寒,我使劲拉紧外套领口。远藤二郎和我一样被冻得直缩肩膀,只有雁子挺胸抬头。

零时已过,街上虽有路灯,住宅区则完全被笼罩在漆黑之中。周围一片寂静,眼前的公寓楼几乎看不见一户亮着的灯光。

中野彻住的这幢公寓楼外观十分气派。

刚走进公寓楼入口,灯光马上自动亮起。应该安装了什么感应系统吧。更厉害的是,原本停在楼上的电梯也自动下降。

"中野先生住的地方可真豪华。"远藤二郎感叹道,"这里还装着监控摄像头呢。等一下,我们如果被拍到岂不是很麻烦?"

"没关系,我们又不是来干坏事的。"雁子毫无畏色,"话说,监控本来就是出了事以后才调出来看的,又不是被拍到就会被怀疑。"

"哎,你说的也是。"

"我们只是来验证有没有尸体,是吧?"

"有尸体不就意味着出事了吗?监控就会被调出来了啊。"

趁他们说话的时候,我走到对讲机前面准备按下门铃。这时候,也只能把中野彻叫出来给我们开公寓大门了。就在这时,楼里正好有个年轻女人匆匆忙忙向外跑去。

"正好门开啦。"雁子闪进门里,我们跟了上去。

乘上电梯,我们按下了五楼的按钮。很快,随着一声轻响,电梯门开了。

我们排成一列,终于摸到了走廊尽头的门扉。门口的名牌上写着"中野"二字。

住在这里的男人,就是两天前下错订单的大庵证券的职员。

他正在这间房里熟睡吧?他一定没想到,深更半夜还有人会找上门。

"如果这里就是中野的房间,"雁子后退两步,指着五〇二号房说,"那么,这里就是有尸体的房间。"

可是五〇二号门口没有挂名牌。

"真人那个'猴子的故事'里，住在这里的人叫什么来着？"

"圈圈先生。"远藤二郎回答。起先我没听懂，后来才意识到他说的是"○○"这个符号。"故事里，五十岚先生没听清那人的名字，只好一直喊他○○先生。"

我们站在○○先生的门口，好像面对着一个绷着嘴的人。

我看到旁边的门铃，问他们："按门铃吗？"

远藤二郎还在犹豫，雁子已经伸手按响了门铃。

铃声响彻整个楼道。好像一片郁郁葱葱的森林尽头，有一只猫头鹰正在噉噉地发出赞许声。

噉噉声引得树叶沙沙作响，沙沙声又惊动了地底的昆虫。我想象着公寓里的住户会像这幅森林里的场景一样，一个接一个被铃声惊醒。

没有回应。

"原来如此。"雁子满意地点点头，"真奇怪。这里不会像真人说的那样真的有尸体吧？哇，突然好紧张。"

"也许人家只是睡着了，"我坦诚地说，"毕竟已经很晚了。"

"真人的故事里，这里的门没有锁，是五十岚先生打开的。"远藤二郎面庞紧绷。

听到他的话，我不由自主把手伸向门把。慢慢地旋转门把，啪嗒一声，门真的开了。

回头望向远藤二郎，他同样惊讶万分。

室内一片漆黑，好像藏着一头正在酣睡的猛兽。

雁子灵巧地摸到了开关，走廊一片明亮。

雁子脱下鞋走进去，用行动告诉我们"开始吧"。远藤二郎好像害怕自己被落下似的，慌慌张张地跟在雁子后面。我也脱掉鞋，顺便把那两人的鞋子并排摆好。

我们沿着走廊前进，雁子他们毫不犹豫地朝客厅走去，而我中途改道走向浴室。

一阵恶心的臭气袭来。这股熏人的腐臭，让我起了一身鸡皮疙瘩。

我摸到开关，打开电灯，粗暴地打开浴室门。汗水和粪便交织的臭味如疼痛一般扑面而来，狠狠砸在我的身上。

浴室里堆满了衣服、内裤、毛巾，肮脏不堪。

浴缸里也塞满了衣服。

在这样的浴室里，根本无法洗澡。

再看厕所，马桶上沾着阴毛，到处都是污迹斑点。

为什么这么脏乱？我汗毛倒立，连连后退。

"怎么了？"远藤二郎走过来问我。

"这里太脏了。那边情况如何？"

"没有发现尸体。"

五〇二号房里没有尸体。

"这道题没有答对啊。"我说。

"嗯，是啊。"远藤二郎也承认。

真人的预言说，这里有一具尸体。

"可是，这个房间也说不上正常。"

我踏入客厅，顿时理解了这话的含义。

这里虽然有人居住过的痕迹，现在却空无一人。啊，不对，应该反过来说。这里虽然没有人，但到处是浓浓的生活气息。

壁橱和储藏室堆满杂物，餐桌上有一罐开口的啤酒，掂在手里还挺沉，旁边的盘子里盛着佃煮，有被筷子戳动过的痕迹。

"这又是什么情况呢？"雁子环顾屋内说道。

"喝酒喝到一半出门了吗？这里看起来也有些杂乱。"

"洗手池和浴室那边很恶心，脏兮兮的。"我指着走廊的方向说，"好像在饲养动物。"

客厅也不同寻常。一把大椅子翻倒在地，地板上还有一只遥控器。我捡起遥控器才发现，屋里的空调还开着。

开着空调就出门了吗？

房间里很暖和。身上的寒意不知何时已经消散。我按下了遥控器上的停止键。

"这是……"远藤二郎蹲在木地板上。

"怎么了？"我上前查看。

"这是血吧？这里有点血痕……"远藤二郎一脸惊恐。

"血痕？请帮我雪恨啊。"雁子小声说起了冷笑话，并不关心血痕，反而在屋子里来回转悠，"啊，我有新发现！"

我顺着她的惊呼扭头，看见她拿起一个带锁链的金属圆环。

"这是手铐吗？看起来像项圈啊。"

"这里肯定养着狗。"如果是这样，也难怪屋里这么脏乱。

可就在这时，远藤二郎忽然尖叫："啊！"

半夜三更在陌生人家里，他这声音可真够吓人。雁子也有些嗔怪，问："二郎真君，你怎么啦？"

"我想起来了。这个东西在真人的故事里出现过。"

"这个东西是哪个东西？"

"项圈。"

"啊？"

"'猴子的故事'里有这么个场景。一个女人和一个孩子脖子上都套着项圈，被一个男人牵着走。虽然他们看起来像是一家人。"

"这场景真瘆人。"

"嗯，就是这一幕被人目击。"

"谁目击了这一幕？"我刚说出口就发现这一提问毫无必要，"是我吧。故事里的我，看见了这一幕。"

"对啊，主人公是污稀烂先生嘛。"

"可能是虐待。"远藤二郎似乎有难言之隐，"那个男人对家人施暴，千钧一发之际，一个人出现了。"

"谁？"

"孙悟空。"

据说故事中有一个疑似家暴的男人登场，后来他被突然出现的孙悟空一棒打飞。

"也就是说！"远藤二郎兴奋地说，"这家主人〇〇先生就是那个施暴男。"

"什么意思？"

"一定是真人知道这家人的情况，这家人才会在他的故事里登场。"远藤二郎打了个响指,"对了!"他从肩上的背包里掏出报纸:"看,这则新闻,'身份不明男孩被收容'!"

"你是说,男孩就是在这里遭到虐待?"

"这个可能性很大。这下全都说得通啦。"

我看了眼雁子手中的项圈,又看向走廊。男孩就是被拴在肮脏的浴室那里吧?这房间恐怖的氛围,确实让发生过虐待行为这种说法显得可信。

"那个男孩是什么时候被收容的?"雁子指着报纸,"话说回来,二郎真君,你怎么刚好带着这份报纸?"

"这是昨天的报纸。股票下错订单的新闻也在这上面。我想给五十岚先生看看订单报道,才拿过来的。"

"男孩收容和股票订单登在同一份报纸上,这只是巧合吗?"

"应该没有这么简单。"远藤二郎道,"被虐待的男孩和下错订单的事故都出现在真人的故事里。我觉得这当中一定有什么联系。"

"哎呀,真人的故事到底是什么意思啊?"雁子语气疲倦,好像赌气扔掉作业的小孩。

"或许……"远藤二郎竖起手指。

"二郎真君,或许什么啊?"

"真人为自己编出了整个故事。"

"编故事?"

"雁子小姐不是说过吗?你曾告诉过真人。"

"告诉他什么?不过既然是我说的话,肯定都是好话啦。"

"虚构一个故事的效果。你说,有时候,故事可以拯救人心。"

"哦,那个啊。山手线老奶奶的故事。"

"是的。"我虽然不知道他们口中山手线老奶奶的故事，却可以理解虚构故事带来的效果。

"也就是说，半年前真人为了缓解自己情绪，才编出这个故事？"

"嗯。"远藤二郎回答，"雁子小姐曾经告诉真人，编个故事可以让自己安心。"

"真人就照做了？"

"但是，真人到底在苦恼什么呢？他为什么要编这个故事，还必须告诉别人呢？"

"二郎真君，你说什么梦话呢。事实都已经摆在眼前了，你还不明白吗？他一定是在苦恼这个房间里发生的虐待行为啊。真人一定万分苦恼吧。"雁子高声说道。

"啊？"

"他是因为发现了〇〇先生的虐待行为，为此苦恼才躲在房间里不出来的。"

"可是，"我立刻提出质疑，"如果发现虐待情况，打电话报警就可以了，不是自己待着想想可以解决的。"

"污稀烂先生，你说的都是大人的想法，孩子们在意的东西可多啦。特别是青春期，那可是哲学的季节。"

"哲学的季节？"

"自己存在的意义啦，什么是死亡啦……毕竟还是清纯少年嘛。他甚至还质问过我'唱歌不就是为了自我满足吗？难道唱歌可以救人吗'什么的。"

"唱歌可以救人吗？"我重复着这句话，"或许，他质问你的时候就已经开始苦恼了吧？"

雁子皱起眉头盯着我，好像盯着黑暗中的草丛。

"也许真人发现了这里的虐待行为，想要帮忙却不知如何是好。烦恼日积月累，才会发出那样的质问。"

"现在不是轻松唱歌的时候，不如去帮助有困难的人。他是这么想的吗？哎呀，你这么一说确实很有道理。"

远藤二郎使劲拍了下手，目光炯炯。"原来如此，所以他才有那个疑问啊！"

"又是什么疑问？你从刚才开始就一直灵光乍现。"

"真人有一次问边见阿姨，就是他的外婆……"

"问什么？"我问道。

远藤二郎深吸一口气，好像要模仿电影台词："暴力永远都是错的吗？"

暴力永远都是错的吗？

我一遍遍思考着这个问题。

"真人想使用暴力吗？"雁子噘着嘴问。

"他这么想是出于正义感还是单纯的厌烦，不得而知。但似乎真人无法原谅这个○○先生，所以无论如何都要惩罚他。有这个可能性吧？真人无法抑制自己的冲动，所以躲进屋子里不出门。"

"抑制自己的冲动？"

"真人无法原谅这个男人，情不自禁地想对付他。但理性又告诉真人，使用暴力是不对的。这是善与恶、理性与野蛮的对决。"远藤二郎露出兴奋的神情，"就像巴龙舞！"

"巴龙舞？你是说巴厘岛那个？"离婚之前，我和妻子曾去那里旅游，欣赏过剧团演出的巴龙舞。

"是的。每个人心中都有两个人物，代表善良的圣兽巴龙和代表邪恶的魔女兰达。他们相互争斗，却永远无法分出胜负。"

"你的意思是，真人心里也在跳巴龙舞？"

"蛰居症状变严重后，真人心中野蛮的冲动和理性的思维不停交锋。"远藤二郎说完，自言自语道，"那时候看见的巨猴，原来是暴力的象征啊。"

"你后面说的又是什么？"雁子问道。

"我曾经看见真人心里有一群人和一只猴子开战，那是一只浑身长满眼睛的巨猴。这场战斗可能就是属于真人的巴龙舞。"

"啊呀呀，二郎真君，你能看见人心吗？"雁子诧异地挑起一边眉毛，"这么说来，真人编出这个故事，是因为他想要使用暴力？所以'猴子的故事'的结局，是〇〇先生死在了这个房间里？"

"这个可能性很大。"远藤二郎肯定道，"就像在梦中达成自己的目的。"

"原来真人想要使用暴力啊。"

"但是，好不容易编一个故事，不能有个圆满的结局吗？最后大家都过上了幸福的生活之类的。"

"也对……"

这时，我终于明白了事情的前因后果，也想起荣格的另一段话："将个人的疾病和苦痛联系到人类共通的问题上，是一种有效的个人治疗手段。"

"你说的是我们的语言吗?我怎么听不懂呢。"

"荣格在伦敦的演讲中说过:'个人的精神苦痛不能怪罪到个人的失败上,这是整个时代背负的、人类共通的苦恼,理解这一点至关重要。'"

"五十岚先生,这话是什么意思?"

"简单来说,就是把个人的失败转嫁到人类共有的苦恼上去。'这不是我个人的错,要怪只能怪某个更大的问题。'这么想是不是得救了?更宏观的问题可以减轻个人肩负的责任。"

"真人把自己的暴力冲动转换成一个荡气回肠的故事,从而得到解脱?"

远藤二郎欣喜地说:"这……这跟驱魔也很像!"

远藤二郎为什么忽然提起驱魔这个话题,我毫无头绪。

"有位神父曾对我说,人们想要把自身的苦楚归咎于某样更大的东西,才会无意识地表现出被恶魔附身的样子。"

"但是,扰乱市场这种事,听起来好像影响很大,其实也没到哪里去。这也算不上是人类共通的问题。"雁子插话道。

"嗯,说的也是。"远藤二郎虚弱地回答。

"也许这个故事还没有完结。"我开口道。

"没有完结?"

"也许有谁因为这次错误订单赚了一笔,又用这笔钱帮助了一个遇到困难的人。说不定这才是故事真正的结局。真人为了将自己的暴力合理化,想出这样的情节也不足为奇。"

"嗯……原来是这么回事。"雁子若有所思地附和。

忽然间，我们三人都陷入了沉默。

适才，我们在别人的房间里各抒己见，畅所欲言，现在仿佛一起清醒过来。三人的视线如探照灯一样来回移动，相互交错。

这个房间乱七八糟，无人居住，加上木地板上有血痕，就能得到一个推论——

"所以说真人他……"我、远藤二郎和雁子三人异口同声地说。

"真人三天前来过这个房间？"

"真人是专程来收拾○○先生吗？"

"真人就是来这里使用暴力手段？"

我想起远藤二郎在居酒屋提起，几天前真人忽然从别墅消失。不就意味着他为了惩罚那个坏男人，已经有所行动了吗？

"所以，现在真人在哪里？"雁子问道。

"○○先生在哪里？"远藤二郎和雁子的声音重叠在一起。

就在这时，玄关的门嘎吱嘎吱地响了起来。

我们几个面面相觑。

"这么晚了是谁？"远藤二郎扭头望向走廊。

"太打扰别人了吧？真是没礼貌。"雁子低声抱怨。

这批评不是说给我们自己听的吗？人家好歹是登门拜访，我们几个可是擅自闯进别人家的，性质更恶劣。

远藤二郎慌张地四处查看，似乎想找一处藏身之地。他指着客厅深处的一个房间，用颤抖的声音说："那里说不定有柜子什么的。"

"嗯，我们先藏起来吧。"我表示赞同。雁子却咚的一声敲了敲自己的侧腹，说道："越是这种时候，越要光明正大地直面对方，这样说不定还有救。"远藤二郎吃惊地说："不会吧！"我很想追问雁子话中的深意，但门被打开的声音从玄关传来了。走廊那头似有人影。

"哎呀，忘了锁门。"那人咂嘴道。

从寒冷的室外飘来一股令人窒息的气味。

深邃的走廊好似通往一座洞窟，我们几个藏身洞窟深处，那人影则是逼向我们的探险家。洞窟里是一条死路。我这才体会到被狩猎的动物是何种心情。

"这是谁的鞋？有谁在里面？喂，在别人家里干吗！"男人的声音传来。

我们用错愕的眼神进行了一场无声的会议。看来，他就是这间房子的主人。

"是前几天那家伙吗？喂！到底想把我怎么样？"男人的声音逐渐靠近。听得出来，他虽然气势嚣张，但已乱了阵脚。

"在别人家里干吗呢！"

我很紧张，不知该如何解释这种情况，搜肠刮肚却无计可施。毕竟，我们明显是非法入侵。

雁子悄声说："好紧张啊。"可听上去她完全不是在害怕，而是在充分享受这急迫的一刻。

"喂，我知道你在里面！听好了！别以为搞偷袭就能赢过我！

我手上可有武器!"男人强调,他对我们这边一定也很警惕,"你要是敢乱来,那个女人可要受罪了!"

那个女人?

我与雁子四目相接,她也一脸疑惑。

"难道……"远藤二郎用嘶哑的嗓音说,"难道是被监禁在这里的那个女人?"

"搞不好是,"雁子点头道,"孩子已经被收容了。"

"现在该怎么办?"我问道。

远藤二郎感叹:"五十岚先生在这种时候居然还能保持冷静。"

"不,其实我很慌,只是没有表现出来。"

"我说我们光明正大站出去就行了。"雁子一意孤行。

没料到远藤二郎马上附声说:"就这么办吧!"

怎么办?我扭头看向远藤二郎,他拍了拍我的胳膊说:"五十岚先生,您是唐三藏。"

什么?可我没有机会问个究竟。

远藤二郎紧接着说:"雁子小姐,对不住了,你是猪八戒。"然后他挺直腰板,"我是沙悟净。角色分配就按这个来吧。"

我仍然一头雾水,不知所措,那男人已经出现在门口。

"你们几个干什么!"这声音浑浊不清,充满压迫感。听他的口气,像是很习惯做这种恫吓他人的事。整个屋子都在隐隐震动,我感觉自己的胃在翻滚。

那男人体形壮硕,头发稀薄。衬衫外套着运动衫,无法从穿着猜想他的职业。但是我想,如果这个人穿上西装,会像一名管理者或公司领导。他会在会议快要结束的时候突然出现,心血来潮,一声令下，推翻之前所有的决定，把部下推向绝望的谷底。他看上去就是那种人，喜欢玩弄别人于股掌间，以确认自己的影响力。

男人手中紧握着一根高尔夫球杆。即便我不玩高尔夫，不知道那是几号球杆，也绝对看得出那是根金属球杆。男人的眼睛布满血丝，瞪着我们恐吓道："你们几个到底是谁？"他散发着一股野兽的气息，活像一只亢奋的食肉动物。

如果这里真的是他家，看到我们三人就这样站在客厅里一动不动，他一定感到既恐怖又愤怒。

"我们……"远藤二郎开口道，"是来找他的。"

"谁？你说那家伙吗？你们几个是同伙吗？他到底是谁？"

"他是……"远藤二郎稍作停顿，好像在暗自下决心，又好像在故意制造悬念，"他是孙悟空。"

远藤二郎的回答出乎我的意料，但我知道不能有剧烈的反应，努力绷紧脸，直视着那个男人。

"你说什么？"男人表情扭曲，不苟言笑，好像认定自己遭人愚弄。"那小屁孩叫孙悟空？"他低声吼道，"开什么玩笑！别以为你们能逃得过今天！"

"悟空没有来这里打你吗？"远藤二郎似乎决定破釜沉舟，不露丝毫狼狈和焦灼，"我还以为你罪孽如此深重，他早就来治你了呢。"

男人顿时满脸阴云。他是回忆起了真人来时的情景，还是被"罪孽"一词震慑，又或者终于对眼下的状况感到困惑？

"听好了！"男人抬起长满胡须的下巴，低吟道，"听好了！那只是一场意外！那个店员一直纠缠我，我只是轻轻推了他一下！"

男人拿着金属球杆，因愤怒而异常焦躁。

"店员？我不明白男人在说什么。远藤二郎也怔住了，不知所以然。

"哦！原来是这样。我知道啦！"说出这句话的是雁子，她正为自己的机敏得意，"原来是你造成了那场事故？便利店店员撞上车，是因为你推了他吧？"

雁子在讲什么，我毫无头绪，不禁看向一侧的远藤二郎。

远藤二郎也看向我，目光严肃，虽然没有开口，但我接收到了他的信号——配合演好这出戏。我轻轻点头回应。

远藤二郎朝着我说道："对了，师父，悟空之前说过吧？"

师父是谁？我差点回头寻觅，但马上想起了刚才远藤二郎分配给我的角色——五十岚先生，您是唐三藏。这么说来，师父指的是唐三藏，也就是我。

"悟空说什么了？"雁子问。

"便利店门外，准备下班的店员责问这男人是不是偷了东西。这个坏人当然极力否认。两人扭打一番后，店员被他一把推开，被汽车撞飞。"远藤二郎一气呵成。

我很诧异，这么详实的目击证言，他怎么能张口就来。转念一想，这也是真人故事里的情节吧。

这时我才明白，远藤二郎口中的孙悟空，指的就是真人。

"喂，那家伙真的在现场看见了吗？"男人唾液横飞。

"悟空可是变幻莫测。"雁子说。

这么说，真人果然来过这里，他想要惩治这个男人，一如孙悟空斩妖除魔。

我想象真人高高举起棒球棍或高尔夫球杆,如同举起如意金箍棒,朝这个男人狠狠挥去。男人落荒而逃,真人也许还紧追不舍。

我想不到自己的台词,只能有模有样地点头。

雁子也点了点头,抱着手臂说:"原来如此,悟空目睹了你的恶行,认为你十恶不赦,又发现你在这里监禁儿童和妇女,他更坐立难安。唉,可惜我们这位师父不许他多管闲事,滥用暴力。他忍耐了很久,最后还是忍无可忍来找你算账。怎么样,你被如意金箍棒打得还过瘾吗?"

"你们这几个家伙,别开玩笑了。"男人咬牙切齿地说道。他的鼻孔在膨胀,气息粗重起来。

我意识到自己也开口了,大概是察觉到该自己发言了:"我猜,你突然遇袭,仓皇逃跑,后来看新闻,发现你监禁的男孩已经被收容,所以又逃了出去。但是你仔细看了报纸才发现,男孩意识模糊,讲不出自己的身世经历,才大胆地回到住处。对不对?"

也许他想回来销毁监禁和虐待的证据,也许是回来取钱包和换洗衣物。

"师父明鉴。"远藤二郎的语气与唯唐三藏是瞻的沙悟净如出一辙。

"可是悟净,这个男人虐待的是谁?悟空说过吗?"

"悟净"二字没能让远藤二郎即刻反应过来,停顿半晌,他还是接过话茬:"关于这个……悟空没有说过。"

"说话,你虐待的究竟是谁?是你的家人吗?"

男人"哼"了一声,扭过脑袋。

"想必是你逃走后,悟空放走了男孩和女人。对吧,师父?"

远藤二郎问道。我心想，也不必每句话都跟我确认。

"你们到底演的是哪一出！还师父啊悟净啊，你们以为这是《西游记》吗？这又不是汇报演出！你们这些家伙，以为别人家里是说进就进的吗？"男人说着，挥舞起金属球杆，看起来是要动真格，"顺便告诉你们，我把那女人塞进了汽车，带着来回跑呢。"

"啊？"远藤二郎回头看向窗户，窗外就是停车场。

"车停在别的地方。听好了，你们几个要是敢动我一根汗毛，就别想知道那女人在哪儿了。"

"不知道你都动了别人几根汗毛了。"雁子不屑地说，"就连我猪八戒都瞧不起你。"

咚的一声。我还没看清发生了什么，身体已经跳了起来。

高尔夫球杆的杆头向我猛烈挥来，幸运的是它并没有击中我。不是因为我反应快，而是球杆撞到餐桌的一角，整个房间都摇晃了一下。

"等等，太危险了！"远藤二郎摆手抗议，"反对暴力！"

"在别人家撒野，搞得乱七八糟，还有脸说这个？"男人再次高高举起球杆。

"明明是你自己搞得乱七八糟。"雁子抱怨。但男人毫不理会，将球杆对准她狠狠砸下去。"啊！"雁子惊声尖叫，抱头滚在地上。球杆太长，又撞在桌子上，桌上的佃煮四处飞溅。原来球杆因为有杆头，并不适合作武器。话虽如此，我也想不到什么制止他的方法。

男人重重地喘着气，眼神迷离。

"快想想办法啊，沙悟净！"雁子蹲在地上，抬头对远藤二郎喊道。

"一时半会儿哪儿想得出办法。"远藤二郎一脸为难。一来二去之间,高尔夫球杆挥动得更加猛烈了。

我不敢轻举妄动,搜寻着附近可以防身的道具。

男人那边,球杆冲着远藤二郎的脸直挥而下,远藤二郎抱头发出悲鸣。眼看球杆就要击中沙悟净的头部,男人骤然停了下来。

公寓内回荡起巨大的声响。

夜半三更,报警器忽然响了。听声音是火灾报警器。与此同时,刺啦一声把我吓了一跳,天花板有水喷射而出。

是自动喷水灭火器。

我听到一阵慌乱的脚步声,再查看时,发现男人已经逃走了。也许火灾报警器和自动喷水灭火器让他清醒,认识到此地不宜久留。

报警器和灭火器不久就停了下来,但是开关门的声音和嘈杂的人声不断传来,不少公寓住户以为发生了火灾,慌忙出逃。

我们当中反应最快的是远藤二郎。"我出去追,不能让他跑了。雁子小姐你们请待在这里,有什么事电话联系。"他说完,立刻冲向了房外。

我和雁子茫然地留在原地。

"等等,这里发生火灾了吗?"雁子睁大眼睛,模仿猎犬四处嗅闻,好像在寻找空气中烟雾的味道。

"我们是不是一起去比较好?"虽然情况尚不明朗,但那个带着金属球杆的男人太危险,不能就这么让他在城市的夜色中流窜。

"是啊。"

雁子话音刚落,远藤二郎已经气喘吁吁地跑了回来,沮丧无力地说:"不行……跟丢了……电梯停了,我是从楼梯追出去的。"那男人拼命冲下楼梯，等远藤二郎追出楼外，已经不见他的踪影。"还是打电话报警吧？"远藤二郎呼哧呼哧地问。

"也是啊。"我附议，"刚才火灾报警器为什么响了？"

"我刚才下去的时候，听其他住户说，好像是系统故障。"

"什么？"雁子皱起眉头。

"系统故障？"

"好像是系统出错，开启了火灾报警程序。"远藤二郎调整着呼吸。

"啊……"我回想起还在系统公司负责品质管理时，调查过一次程序漏洞的原因，一个程序员不耐烦地解释"这种情况很少发生"。"也许这是公寓安保系统的程序漏洞。"

或许算不上程序漏洞，系统只是错误地打开了防灾演习模式。

远藤二郎大吃一惊，沉默了半晌说："真人的故事也讲过这个。"

雁子耸了耸肩，说道："我还以为是沙悟净使了什么法术呢。"

远藤二郎拿出手机报了警。为了不暴露我们非法入侵的行为，他只是告诉警察在附近街上看到一个形迹可疑的男人拿着高尔夫球杆钻进了汽车。"要是能顺利逮捕他就好啦。"远藤二郎忐忑不安，"我们也出去找找那个家伙吧。"

"说得对。不过等一下，还有一件事我不明白。"雁子举起食指挨个指向我和远藤二郎，"刚才的火灾报警器啊洒水啊，到底是怎么回事？程序漏洞又是什么意思？"

"我在之前的公司负责公寓安保系统的相关工作，遇见过同样的故障。"

"这种情况很少发生吧？"远藤二郎说道。我没有问他怎么知道的，也许也是真人故事里的情节吧。

"可是，不是已经修好了吗？"

"按理说是的。"

已经过去这么长时间，如果还有问题早该有所反馈。难道是系统更新时出了错？毕竟任何人都有可能犯粗心大意的错误。又或许，这跟上次的程序漏洞不同，是一次单纯的系统故障？

"没想到，系统漏洞救了我们一命。"远藤二郎不是在说笑，而是闪着泪光，由衷地发出感慨。

"是啊。"

"可是，"雁子说，"真人为什么半年前就知道系统会发生故障？"

"我想，应该是他脑中糅杂了许多人的信息和情感，其中就有五十岚先生一份。"

"那个故事真是个预言？真的有这种东西吗？"

"也不是完全没有这种可能。"说出这话的人，是我。

"哦？污稀烂先生，你可以解释一下吗？"

"我解释不来。但人的潜意识确实会受到经历和环境的影响。"

"五十岚先生。"远藤二郎看着我。

"什么事？"

"您说的太晦涩，我完全没有听懂。"

雁子狠狠地点头。

"作家、漫画家、画家、音乐家，他们的作品总是会无意识地折射出未来的样子。"

"常说某个电影导演很有预见性，就是这个意思？"

"举个例子……"

"该不会还是荣格吧？"雁子抢了我的话。

"荣格快四十岁时，经常被幻觉和噩梦困扰。"我只好苦笑。

"还真是荣格啊！"

我读过很多荣格的书，这是我最喜欢的一个插曲。

那时，荣格被噩梦和幻影困扰。一开始是洪水的幻觉，他看见汹涌的波浪和许多溺水而亡的尸体，甚至出现了血色大海。幻觉持续了一小时之久。

第二年他又有了新的梦境。受北极寒流影响，土地和运河全部冻结，人类消失，草木枯竭，这景象仿佛世界末日。

荣格神不守舍，不知这恐怖的景象到底意味着什么。

后来，荣格还看到过别的情景。

他看见一棵只长叶子的大树，叶子逐渐变作有疗愈功效的葡萄。荣格摘下葡萄，发给众人。

"荣格起先怀疑自己患了精神疾病。因为他实在捉摸不透幻觉的深意。"

"这种梦怎么能搞得懂？"

"后来他意识到，这也许是命运的安排，是对未来的暗示。"

荣格的这种解释方法，令我备感兴趣。

他没有妄想，而是静静地潜入自己的潜意识深处，与黑暗情绪正面对抗，从思考中得出结论。这种态度，颇具禅者风范。

"你是说他的梦和现实有联系？是预言吗？"

"嗯，荣格就是这么想的，所以一直在观察社会的动向。然后……"

远藤二郎和雁子对视了一眼，一齐看向我。远藤二郎开口问道："发生什么大事了吗？"

"一九一四年，第一次世界大战爆发。"

远藤二郎和雁子同时咽了口唾沫。

"荣格的梦和第一次世界大战有关？"

"荣格认为，自己无意识察觉到，世界范围内将会发生一次战争，所以才会产生那样的梦与幻觉。"

"这和可疑的占卜师有什么两样，太牵强了吧。"

雁子的话没错。世界上总会发生各种不幸的事，自己的噩梦和哪个联系在一起都有可能。

"但是，假设荣格的思考是正确的，那么就真的会有人产生与现实关联的妄想。"

"什么意思？"

"世间万物事出有因。原因之上又有原因，以此追溯。"

"就好像刚才火灾报警器启动的原因，是程序漏洞？"远藤二郎问道。

"是的。程序出现漏洞也有其原因。"

"比如程序员失恋了？"远藤二郎像在向我确认，而我不明白他的意思。

"就是说，真人察觉到了某些东西，而这些东西与半年后的未来有关？"

"不是没有这个可能。"

整幢公寓已回归了平静。

远藤二郎打开窗户,夜晚空气涌入房内。

"怎么才能找到〇〇先生现在的位置呢?"

"话说回来,没想到〇〇先生不仅是家暴嫌疑犯,还是店员交通事故的罪魁祸首,我真是吓了一跳。"雁子无奈地摇头道,"这下我明白真人为什么那么生气了。那家伙确实罪孽滔天。"

"真人目睹了交通事故,没有报警,但咽不下这口气。也许他后来又在便利店碰见了〇〇先生,便悄悄跟踪,没想到还发现了男人的家暴行径,于是深陷苦恼……"

"所以,他内心跳起了巴龙舞?"

"是的。真人想要收拾那家伙,可不知这么做是对是错,于是开始了与巨猴的战斗……"

一阵强风袭来,窗帘如斗篷一样高高隆起。

我隐约看见一道人影,不寒而栗。这里是公寓五楼,不可能有人从窗外进来,我刚想把那当作错觉,一个声音喊道:"师父!"

我差点惊叫出声。

一个穿着红衣服的陌生男人站在我面前,好似猴妖。

这猴妖与我身高相仿,披着一件暖和的长袍。他看起来机灵聪敏,就站在我的正前方。

他是跳进屋里的吗？

难以置信，世上真的有孙悟空。

更难以置信的是，我的第一反应是看向孙悟空的双脚。

我很在意他有没有穿鞋。

孙悟空踏着一双红靴，头上戴着一只发光的圆环。

我木然地望着他。

"仔细听好。"猴妖理所当然地说，"刚才那男人，叫什么来着，哦对，○○先生。他开车逃了，但一会儿就会回来。因为他的汽车快没油了，而深夜营业的加油站并不多。恰巧这幢公寓前的那条路上就有一家。嘿，这么一想，筋斗云不用燃料，真是环保。言归正传，总之，他会回到公寓前面那条路上。"

我洗耳恭听。

猴妖口若悬河，还不时发出牙齿碰撞的声音。他指着墙上的挂钟说："再过三十分钟，他就会开到那条路上。"

我心想自己不能一直盯着猴妖看，便扭开了脸，心里犹豫着要不要看看远藤二郎他们现在是什么表情。

"我来告诉你们接下来怎么做。我只说一遍，请仔细听好。"猴妖口中飘出一股肥料般的腥臭。他果断地指向窗户："现在马上去前面那条路上，合伙拦住那辆车。男孩的母亲被关在后备厢，被打得够呛，你们快去救她，没时间在这里磨蹭了。"他用力拍拍双手，"立即行动！"

听到这么暧昧的指示，我又凝视起猴妖来。这究竟是怎么回事？难道也是潜意识作祟？

"去拦住三十分钟后经过前面那条马路的车！"

可是怎么才能拦住呢？难道要远远站在汽车前挥手致意吗？我不觉得这样能得手，让那个男人停车才没那么简单。

猴妖好像洞察了我的疑惑，大笑起来，笑声如恐吓。"听好了，师父，去把隔壁的男人叫起来！"

我看向墙壁。

"就是和师父同家公司的那家伙。他手上有个东西，你们去找他借来一用。"

"什么东西？"我不情愿地问。

"还用问吗？当然是纸箱啦。那个家伙因为粗心大意订错物品，拿回家一堆纸箱。"

"纸箱？"

"把纸箱搬下楼，在马路上垒一堵墙。"

"然后呢？"

"等那男人开车撞上去，车就拦住了。"

猴妖说完，打了一个响指，电灯应声熄灭。我自己的身体仿佛也要消失在这黑暗中，令我胆战心惊。但很快，室内恢复了照明，猴妖已经不见了，只留下呛鼻的腥臭。

我看向远藤二郎他们。他们也正盯着我看。我该告诉他们刚才发生的事吗？又该如何描述呢？

我正苦苦思索，听见远藤二郎说："也……也许，车子会从那里经过。"他怯生生地指着窗帘。

我暗自惊讶，和猴妖说得一样。

远藤二郎补充道："就是前面的马路。"

"是啊，他要过去加油。"雁子表示赞成。

我眨眨眼睛,吞了口唾沫。他们在重复猴妖的话。他们是怎么想到的?

"我们现在就去拦下那辆车吧。"雁子催促道。

"拦车?怎么拦?"我条件反射般望向隔壁。

"比如……"雁子挠挠头。

"用纸箱垒一堵墙之类的。"远藤二郎迟疑地说。

"这个办法,你是从谁那里听来的?"我脱口而出。

远藤二郎唰的一下脸色苍白。"怎么了?"

"不好意思问这么奇怪的问题。"我措词小心,"比如,从一只猴妖那里听来的?没有这回事吗?"

远藤二郎耷拉着八字眉,惨兮兮地说:"猴妖?怎么可能。世上怎么会有那东西。五十岚先生,您看见什么了?猴妖?"他这推诿的语气,好像是要将自己的错误交给别人去坦白。

我长舒一口气,将心中因困惑而混沌的气息排出体外,回答道:"我什么也没看见。"

"是吧。"远藤二郎苦笑道。

"话说回来,"雁子插嘴,"有一点我不太明白。"

"哪一点?"

"为什么我是猪八戒啊?"

我们抱着必死的决心展开了行动。

首先，我们来到隔壁，无视此刻已是深夜，粗暴地按响门铃，而且连按数次。

远藤二郎甚至敲起门来，敲门的节奏仿佛在遵循某种规则。

"你到底在干吗？"雁子问。

远藤二郎解释道："嘀嘀嘀、嗒——嗒——嗒——嘀嘀嘀。"

我还是不明白这是什么意思。

不知该不该称之为幸运，中野彻还没睡，正在看电视。他说被火灾报警器的响声吵醒后，就再也睡不着了。

中野彻对我们露出烦躁与警戒的神情。我赶忙掏出公司的员工证，向他解释我和他在同一家公司就职。

中野彻穿着一件厚毛衣，看起来很没底气，可能是想到了自己下错的订单。他应激般挺直脊背，不停道歉："给大家添了大麻烦，真是万分抱歉。"

我慌忙说："跟那件事无关，不，不能说无关，但现在我们是想借用一下你的纸箱。"

中野彻始料未及。接着，他表现出讶异、透露出警惕，甚至说下次再来打扰他就报警。

但我们无路可退。我想要说服他，但没成功，这件事根本无法用逻辑解释。

还是远藤二郎的恳求更得人心。他急切地说了几句感性十足的台词："我们现在很需要你的纸箱。某个地方的某个人正在哭泣。我们听到那个人发出了 SOS 求救信号，你的纸箱也许可以派上大用场。"

"某个地方的某个人正在哭泣……"我都被这番话打动了。

中野彻似乎也被感染了，终于说："既然是为了救人……"

我们从公寓一楼搬来一辆推车，来来回回搬了好多次。中野彻虽然不知道前因后果，还是给我们搭了把手。"这样我下错订单的事就可以一笔勾销了吗？"中野彻问我，仿佛想抓住最后一根救命稻草。可惜，纸箱没办法解决所有问题。

搬纸箱的时候，远藤二郎若无其事地问："中野先生，您遇见过一个叫真人的年轻人吗？"中野彻当然不知道这个名字。了解了真人的外貌后，说："哦！在公寓外面见过一次。不过，我们只聊了一会儿。"那时，真人想打听一些关于〇〇先生的事，但中野彻也不太清楚隔壁的情况。

也许就是在闲聊中，中野彻把有关纸箱的事告诉了真人。

我们继续搬运纸箱。

搬运，组装，垒墙。

在夜晚的马路上垒纸箱？起初，我无法理解这种行为。这究竟是什么工程？

手指被冻得麻木，每当寒风吹过，我都不禁打个冷战。天寒地冻的，为什么要做这件既不是工作又不是运动的事？

但在奋力劳动的过程中，我的体内燃起了微弱的火光，渐渐沉醉其中无法自拔。不知不觉，我脱掉了大衣、上衣，扯掉了领带。

在垒纸箱的过程中，我感受到了一种前所未有的激情。

数十个纸箱搭建完成的那刻，我激动万分，沉浸在无以言表的成就感中，甚至举起双手高呼万岁。

说好的时间要到了。

"要来了。要来了。"我们紧张地躲在电线杆后等待。

可汽车并没有出现。三十分钟过去,一小时过去,什么事都没有发生。接到附近住户投诉的警察闻声赶来,我们受到了一顿训斥。

几乎同时,在另一片闹市街区,○○先生因为违章停车被警察发现。这件事我们也是后来才得知。

我的故事

我和边见姐许久未见,她比上次见面时年轻了许多,更像我青春时憧憬过的样子。

这阵子究竟发生了什么?换了新的化妆品?信州别墅的环境可以让时光倒流?我正在揣测,边见姐微笑道:"四十不惑说的没错,我也渐渐放下了那些执着。"

"到底发生了什么?"

我们正坐在一间家庭餐厅里。半年前,边见姐约我商量真人的蛰居问题,也是在这家餐厅。我们面对面坐在窗边的四人位上。

和上次一样,工作日的白天,携家带口的客人很少,我们周围也没有人。我松了一口气,不会听到抱怨和哀叹了。

昨天,边见姐给我打电话:"真人的事,可以把你知道的都告诉我吗?"她的语气一扫半年前的阴郁,这让我略感好奇。我回答:"我也有问题想问边见姐。"我们约好第二天见面,也就是此时此刻。

"真人从别墅溜走之后,究竟去了哪儿?"

离我和五十岚先生还有雁子小姐大闹公寓,已经过去两个星期。那天夜里,我们借着"门没锁""也许屋里有尸体"等荒谬的理由,擅自闯入了别人的私宅。我们还喊出隔壁的中野彻,在深夜的马路上用纸箱垒起一堵墙,最后被警察训斥一番。简直像是集体失心疯。

"后来,真人自己回家了。"

"不是回别墅?"

"不是,回了我们自己家。"

我们推测,真人和我们一样趁公寓住户出入时混进大楼,溜进○○先生的房间,还对○○先生暴力相加。

"我老公回家的时候,发现真人已经在自己的房间了。我收到消息,慌忙从信州赶了回来。"

"真人蛰居的症状好了吗?"我用勺子挖着冰淇淋。

"为什么这么问?"她并没有露出不悦的神情,"还是老样子,躲在房间里不出门。你为什么会觉得他好了?"

勺子停在嘴边,我不禁自问,为什么会觉得真人的病好了?

两星期前,○○先生被警方逮捕。

审讯中警方得知,他在自家公寓里虐待妇女儿童,这事还上了新闻。

周刊杂志的报道称,女人三年前同男人开始交往,关系亲密形同夫妻,于是开始同居。没想到很快男人就对她拳脚相加。女人经常被揍到骨折。出门的时候,男人还可能将她塞进汽车后备厢——取决于他的心情。男人有偷窃癖,还强迫男孩偷窃。离他家有些距离的便利店和大型超市都是他下手的对象,其中就包括金子店长的便利店。

被收容的男孩终于恢复意识，与母亲相聚。那位母亲说，自己一直无法逃脱，一是因为被男人监禁，没有人身自由；二是因为没有工作，离开男人就没法生存。她觉得可能这也是一种病。

我读到了这段对受害女性的采访。男人的名字当然不是〇〇先生，名字虽然普通但很拗口，所以对我来说，他仍是〇〇先生。

我故作镇定地向边见姐提起这起案件，边见姐没有怀疑，露出痛苦的表情。"这种事情真是太惨了。没想到犯人家跟我们家还挺近的。"

"真人对这件事发表过什么看法吗？"我推测，真人蛰居的症状之所以变严重，是因为他发现了那个男人的暴行。如今案件已被解决，真人应该有所改变吧？

"真人应该不知道这起案件吧。"

边见姐也听真人讲了"猴子的故事"，难道她没有注意到，故事内容和现实世界有重叠吗？

报道中没有提到男人被捕后说过什么。所以，我不知道他是否透露过"有个年轻人不请自来，到我家把我打了一顿"。真人到底做了什么，没做什么，至今仍是一个迷。当然，我们扮演唐三藏一行的事迹也没有见报。

"真人确实好转很多。吃饭的时候会到一楼来吃，有时候还跟我说说话。"

"他都说些什么？"

"也没有什么，我问个问题，他能回答一下。你之前不是告诉我应该多搭话吗？我严格遵守你给我的建议。天气的话题确实不错，不会伤害到任何人。啊，可是'天气真好'这种话随便说出来，也有可能让人觉得你在暗示'天气这么晴朗，出门逛逛多好'，给人造成无形的压力。以后我要多加注意才行。"

"没错。"边见姐的考量让我很惊讶。

"我慢慢意识到，虽然真人很重要，但我怎么担心他也担心不完。如果我的人生因为担心而彻底终结，也太糟糕了。"

我盯着边见姐的脸。

"你是不是觉得我这个当妈妈的很差劲？"

"不，"我诚恳地回答，"我觉得'糟糕'这种说法挺好，总比'后悔''遗憾'强。"

"前段时间回老家，这种想法越来越强烈。"

"我老妈是不是也在？"

"那是当然啦。"边见姐认真地点点头，"她们在练习漫才呢。"

原来她俩还在搞这个。

"都一把年纪了却开始练漫才。问她们为什么，只回答说'因为喜欢嘛'。我提起真人的事，你猜我妈跟我说什么？"

或许她会用表演漫才的身段说："不惑嘛！"我心里这么想，却没有说出口。

据边见姐说，边见阿姨告诉她："奈奈，如果你不享受自己的人生，真人只能一直这么蔫儿。"

"蔫儿"这个词不太恰当，边见姐生气地回应："因为我很担心孩子的未来啊，有什么办法？"边见阿姨却说："没有父母不担心孩子的未来。"

"我妈还跟我说：'假如我不搞漫才，一个劲儿地担心你，你不觉得烦吗？'"

我倒是会惦记,她们还在练习"子曰"的段子吗?

"我就试着想象了一下,如果我妈不顾自己的人生,光担心我是什么样子……"

"结果呢?"

"确实挺烦的。"边见姐扑哧笑出声。

"所以,决定享受人生?"

"我参加了一个对中年妇女开设的游泳班,我一直不会游泳。游泳班挺好的,伙伴直接称呼我'奈奈',感觉还挺新鲜。还有三味线。"

"三味线?"

"真人好像对琵琶法师很感兴趣,我就开始学三味线了。"

因为有蛰居族儿子,开始好好享受自己的人生,这种应对方式也许不坏。

我最近经常在想,真人为什么会讲出那样的故事?

也许如五十岚先生所言,真人的潜意识捕捉到了未来的征兆,或者,真人想要实现自己的愿望。无论是哪种情况,那个故事一定是由真人的知识储备和社交信息拼凑而成的。

也许我的驱魔仪式也对真人产生了某种影响。比如他听到边见姐喊我"二郎",联想到自己爱看的《西游记》,里面的人物二郎真君成功制服了孙悟空。一系列连锁反应由此展开,摆脱束缚的孙悟空形象应运而生,真人最终编出了整个故事。

"真人说自己好像一直在做梦。"

"啊?"

"前几天真人迷迷糊糊地说,在房间里躲着、不出门也不说话的日子里，脑海中浮现出很多场景，和做梦一样。"

"那是在表演巴龙舞吧。"

"什么意思？"

"啊，没什么。边见姐是怎么回答他的？"

"我？我只能不停地点头称是。对了，我问过一句'我在梦里出现了吗'。不是常说，身边的人会出现在梦里吗？"边见姐继续说道，"做妈妈的，如果发现孩子在梦里遇到困难，也会想尽办法跳进那个梦里去救孩子的。"

"边见姐在真人梦里出现了吗？"

"真人没有回答。当时他心情不太好，而且他也不像是故意要提起这个话题。"

"这样啊。"但边见姐这么强势，恐怕会以边见奈奈的形象强行闯进真人的梦中吧？

"真人还说'那不是只属于我一个人的梦'。"

"不只属于真人的梦？"

"我也不知道是什么意思。梦不是属于自己的吗？"

"是啊。"我嘴上应着，想起五十岚先生讲过，潜意识可以编造故事。

"说起来，《西游记》的作者是谁，答案并不明确。"

"哦？是吗？"

"故事改编自三藏法师去天竺取经的史实，民间流传着很多版本。众多版本互相拼凑，才成了《西游记》。"

"众多版本互相拼凑？"

"真人说的是不是这个意思呢？"

✝

"边见姐今天来找我是想聊什么呢？"

"哦哦哦，对对对，这事啊。"边见姐的回答带着节奏，低声说道，"关于我叔叔。"

"叔叔？"

"我爸爸的弟弟。"

我刚想在脑海里绘制边见姐的家谱，记忆便闪现了。"是那个税务师，别墅的主人？"

"对。就是那个把股票和金钱放在第一位的叔叔。我叔叔好像特别喜欢真人，几乎把真人当成自己的恩人。"

"什么意思？"

"住在别墅的时候，真人好像跟叔叔说了什么事情。"

"《西游记》的故事吗？"

"不是啦，好像是赚钱的门路。"

"赚钱的门路？"

"说到了股票，还有一些税金的事，毕竟我叔叔是税务师。"

"为什么是税金呢？"

"他们不肯告诉我详情，大致就是赠与税啦、买卖股票的税金啦这些。"

"赠与税？"

"真人还提起过股票的名称呢。"

"真人对股票很了解吗?"

过着蛰居生活的真人,难道整日在屋里翻看《四季报》和《日本经济新闻》,制订着股票买卖的计划吗?

真是难以想象。

"不对!说起股票……"我闪过一个念头。怎么没有早点想到呢?真人所讲的"猴子的故事"里,不就有股票的线索吗?就是那个下错股票订单的事故!"他通过股票赚到钱了吗?"

"似乎是赚了。"边见姐皱起眉头,比起真人了解股票的真相,她更想知道自己为什么被真人蒙在鼓里。"哎,二郎,你知道什么吗?真人跟我叔叔说了什么?股票的信息又是什么啊?如果你知道就快告诉我吧。"

"一时之间我也没有头绪。"若是不小心说漏了什么,只会徒增边见姐的疑虑。可我的内心早已展开一系列联想。

难道真人想得到一笔钱?

之所以发生下错股票订单的事故,是因为证券公司职员粗心大意。

之所以粗心大意,是因为睡眠不足。

要问他为什么睡眠不足,那该怪他的隔壁邻居半夜很吵闹。

为什么很吵闹?

因为发生了暴力事件。

如果倒推这一连串的事情,概括起来应该是这样的。

"暴力事件,引发了下错股票订单的事故。"

真人从一开始就想要使用暴力。

他期待自己的暴力行为,能引发一场下错订单的事故。

所以就去拜托有钱的外叔公购买火焰山股份有限公司的新兴上市股票？

股票和彩票不同。如果想赚一笔，必须有一定的原始资金。

真人一发现自己的预测没错，就让外叔公买下股票。没错吧？

去公寓那天，五十岚先生曾对雁子小姐说："也许有谁因为这次错误订单赚了一笔，又用这笔钱帮助了一个遇到困难的人。说不定这才是故事真正的结局。"

真人果然是这么想的。

真人告诉外叔公股票赚钱的门道，作为交换条件，他从中获取相应的报酬。

真人要用这笔报酬干什么呢？

这恐怕只有亲口问真人才能知道了。

不过，那个女人后来怎么样了？

我忽然想到在这间家庭餐厅碰见过的那个中年女人。她撞死了一个便利店店员，虽然庭外和解，但没钱赔款，只好借高利贷，又因为还不上高利贷，陷入另一重困境。她本来就是个单亲妈妈，女儿还需要长期住院治疗。

那场交通事故之所以发生，是因为店员被人推了一把。

真人亲眼目睹了整个过程，所以才陷入烦恼吧。不难理解，他想帮助那个开车出事的女人。

真人所讲的"猴子的故事"中，孙悟空说过："要是有谁能挖出金块送给她就好了。师父，你不这么觉得吗？"

金块没那么容易得手，真人想方设法得到了一笔钱。

赠与税的话题估计就是这么来的。真人若把这笔钱送给那个女人，就属于赠与行为。

脑海中的想法不断膨胀，我振奋地想，一定是这样！为了掩饰，我呷了好几口咖啡。

"二郎，你真的不知道真人在想什么吗？"边见姐又问了我一次。

"一点头绪都没有。"我回答。

✝

走出家庭餐厅，我坐上边见姐的车。虽然不确定能否见到真人，但我很想去他家看看现在的情况。

途中，我顺着副驾驶座一侧的车窗向外眺望，突然改变主意，叫住了边见姐："我可以在这里下车吗？正好看到熟人。"距离边见姐家已经很近了，我告诉她稍后自己会步行前往。

下了车，我顺着人行道往回走。

对方也注意到了我。他戴着一本正经的眼镜，挺直脊梁，像个小学生。因果先生就在那里。

我刚想向他走去，就听到了一阵声响。

声音尖锐刺耳，震动我的内心。是救护车的鸣笛声。

"呜——哇——呜——哇——"单调反复，越来越响，从我身后靠近。

我停下脚步，转身望着从对面车道驶来的救护车，不知它是要去接亟须救治的病人，还是已经载上病人正驶向医院。但我知道，某个地方，某个人，正在哭喊着"好痛啊，好痛啊"，他正捂着某个部位呻吟"好难受，好难受"。

那些痛苦的眼泪随救护车的鸣笛喷洒而出，溅湿了我。

环顾四周，连绵不绝的马路和周边的街景映入眼帘。或许到处都有人在为疼痛哭喊。

我感受到强烈的SOS。

嘀嘀嘀、嗒——嗒——嗒——嘀嘀嘀。

我顿时感觉天旋地转，视线扭曲，鸣笛和SOS穿过血管，充斥着我的大脑。

有人在高呼：救救我们的船！

我究竟能做什么？怎么做才能救起这艘正在沉没的船？我被一阵无力感击溃。

这时有双手落在我的肩膀上，我抬头望去，是五十岚先生。

五十岚先生的鹅蛋脸比上次见面时更加白皙。他的皮肤如陶瓷一般光洁，安详平静的面庞似乎漾着微笑。

这不是五十岚先生。面容相似，但绝不是他本人，或者是他被什么附了身？我正忖量，对方说话了。他的柔声细语令我莫名安心，虽然确实不是五十岚先生的声音。

"这样挺好的。"他说，"总是烦恼来烦恼去，其实挺好的。"

我哑然地凝视着他。

他露出恶作剧般的神情对我说："毕竟你还没到不惑之年。"两侧的嘴角微微上扬。

"烦恼来烦恼去，这样好吗？"

"就算到了天竺，也还是会有烦恼。"

醍醐灌顶般，我感到一身轻松，仿佛摘下了一直深深箍在头顶的无形圆环。

我的视野逐渐开阔,天空比刚才更加耀眼。

"远藤先生,你没事吧?"五十岚先生的声音恢复了。

"好久不见。今天没有工作吗?"

"今天早退了。"五十岚先生憨厚地笑了笑。虽然是笑容,看上去更像是面部抽搐。"一会儿要去排练。"他不好意思地指指我的身后。

我回头,发现他指的是不远处的便利店。

"哦。看来您干劲十足嘛。"

五十岚先生神色自若地说:"嗯。我自己也很意外,竟然会为了唱歌从公司早退。"

"现在还没到晚上呢。"

"今天大家一起去步行街正式演出呢。"

游击队合唱团——我想起了这个词。

我和五十岚先生并肩走向便利店。"不过真没想到,五十岚先生有这么宽广的音域。"

"我也没想到。"他严肃的脸上再次挤出一个笑容,"我以前从来没有正经唱过歌。"

我望着眼前这位已经被晒成健康肤色的五十岚先生,他的背后有一片大海,无边碧蓝,阳光闪耀,一只小船摇曳其间。这大概代表了五十岚先生感受到的轻快与期待吧。这和我见洛伦佐最后一面时看到的风景颇为相似。

"话说,远藤先生,"五十岚先生问道,"你之前说,去真人房间的时候,看到了他的内心?"

我无法告诉五十岚先生，自己刚刚还看见了他的内心。"是啊，我看见一只巨大的猴子。"

僧侣、少年、唱歌的女人，还有操控战机的男人，各种各样的人站在一起与巨猴对峙。这个场景也许意味着真人心中的善与恶在交锋。他的体验、知识、一知半解但感兴趣的东西，还有别人的回忆，全都混在一起组成这个庞大丰富的内心世界。

"如果用摄像机拍下真人的内心画面，说不定很有趣。"

"因为内心无法用文字表达吧。"五十岚先生机敏地说。

"是啊，变成文字的瞬间，一切就变质了。内心的风景果然无法用言语解释。"

"远藤先生，你把这些画下来如何？"

啊，画画……我听到这个词不禁放飞了思绪。

去了意大利之后，我对绘画的情感就逐渐变淡。而如今，这种情感在我心中重新清晰浓烈起来。

"好想画画啊。"这么说出口，才意识到自己原来还有这样的渴望。事到如今，说不定我可以重新捡起画笔。"不过，好久没画，早就生疏了。不知道要过多久才能找回感觉。"

五十岚先生话锋一转："我有一个亲戚在画漫画。"

"是漫画家吗？"

"你可以试试当他的助手。不过，毕竟绘画和漫画还是有差别的，你也可能不会喜欢。"

"不，我很喜欢漫画。"我急切地说。

五十岚先生眯起双眼。"那我帮你联系一下。也许你可以让他帮你画出真人内心深处的风景。"

"这怎么好麻烦人家。"
"虽然我不太懂,不过漫画家好像经常为想不出新点子发愁?"
我不禁微笑。
我们走到便利店附近。
停车场尽头,靠近马路的角落里放着一只小小的瓶子,是那只插着鲜花的瓶子。虽然不知道是谁放在那里的,但只要看到花瓶还在,我就感到心安。
"二郎真君!"我听到了雁子小姐的招呼声。

✟

夜晚,打开电脑,我收到了来自洛伦佐的邮件。这大概是我回日本之后,他写给我的第一封信。费了一番功夫把意大利文翻译成日文,发现他问的是:"二郎还在驱魔吗?"
我用日文思考如何回信。
"驱魔工作有些市场,我接受过好几次委托。虽然不能说全部成功,但还是有效果不错的案例。不过,最近我暂停了驱魔。当然,如果有谁遇到困难需要我帮忙,我还是会倾力而为。我总觉得'我想救人',是时候重新审视自己的内心了。有人告诉我,人们身上有救世主情结,想要拯救别人的执念其实源于自身的弱点,人们想要通过拯救他人证明自己存在的价值。"
用键盘打出这些话,又觉得太煽情。
要把这些话全翻译成意大利语也很麻烦,我索性全部删除。只写了一句话:"空调可以拯救他人。简单点就好。我就在卖空调。"

空调能将某些人从生活之苦中解放出来。

这不是很棒吗？我只是在做我能做的事。

轻轻叹口气，我从书架上取下一本漫画书，心想老妈以前喜欢漫画吗？

这么想着，我的内心已经充满动力。

我转过头，发现肩膀上沾着一根没见过的毛发。

毛发好像褪色了，茶褐色，很短，看起来好像野兽的。对，也许是猴子的呢？我摘下毛发，轻轻一吹。

同时，我产生了一种预感，另一个自己将要诞生。我对着晃晃悠悠飘落的毛发，轻轻念了一声:"变！"

参考·引用文献

《梵蒂冈驱魔人》，特雷西·威尔金森著，矢口诚译，文艺春秋

《修女乔安娜》，伊瓦·什凯维奇著，关口时正译，岩波文库

《失败的心理学——没有不失误的人》，芳贺繁著，日经商业人文库

《分析心理学》，卡尔·古斯塔夫·荣格著，小川捷之译，misuzu 书房

《荣格自传——回忆·梦·思想》（1）（2），卡尔·古斯塔夫·荣格著，阿尼拉·亚菲编，河合隼雄、藤绳昭、出井淑子译，misuzu 书房

《人为错误预防技术》，东京电力技术开发研究所人为因素组著，河野龙太郎编，日本能率协会经营中心编

《社会性蛰居族》，齐藤环著，PHP 新书

《蛰居族为什么能被"治愈"？——精神分析方法》，齐藤环著，中央法规出版（Cura 系列）

《蛰居族康复时——23 人临床案例》，矶部潮著，讲谈社＋α

新书

《人们为什么不愿认错——借口与自我辩解心理学》，埃利奥特·阿伦森著，户根由纪惠译，河出书房新社

《系统工程师防止抑郁手册——坏掉的系统工程师》，peacemind股份（有限）公司著，翔泳社

《给家人和支持者的抑郁症和自杀预防手册》，下园壮太著，河出书房新社

《荣格心理学入门》，河合隼雄著，培风馆

《荣格心理学》，秋山达子著，讲谈社现代新书

《复杂》，河合隼雄著，岩波新书

《轮回——从古埃及复活的女考古学家》，乔纳森·科特著，田中真知译，新潮社

《图解杂学荣格心理学》，福岛哲夫著，夏目社

《轮回者欧姆·塞伊与古埃及之谜——存在带着3000年前记忆的考古学家！》，亨利·厄尔·泽尼著，田中真知译，学习研究社

《西游记》（全十卷），中野美代子译，岩波文库

《西游记——绝招世界探秘》，中野美代子著，岩波新书

《西游记》（上·中·下），渡边仙州编译，偕成社

《系统为什么崩溃——你想知道的系统故障、可靠的基础知识》，大和田尚孝著，日经计算机审定，日经BP社

上野忠孝老师教授了我股票交易和证券公司的基本知识，三浦俊老师为我解释了风险管理，横仓智博老师给我讲解了交通事故实例。谢谢你们。当然，为了符合情节，这部小说有很多地方，是我

根据参考文献和访谈内容，结合故事加工修饰而成的，希望能得到大家的理解。

此外，这部小说在《读卖新闻》连载时，高木樱子绘制了插图。插图投入了很多心思，根据内容改变小说笔触。每天都能看到它们，是件很开心的事。很遗憾，插图没有收录在书里，但真的非常感激。

这本《SOS之猿》和漫画家五十岚大介先生的漫画（计划二〇一〇年初出版）有呼应。"猿""孙悟空""驱魔师"这些关键词也是五十岚先生的创意，我们两人对这些角色和台词交流了意见，创作了各自的故事。小说和漫画之间是一种什么样的联系呢？读过两部作品的人能围绕它们展开想象，能这样就好了。非常感谢五十岚大介先生提出这个激动人心的想法。

图书在版编目（CIP）数据

SOS之猿 /（日）伊坂幸太郎著；高佳欣译. -- 海口：南海出版公司, 2023.7
ISBN 978-7-5735-0428-9

Ⅰ. ①S… Ⅱ. ①伊… ②高… Ⅲ. ①长篇小说－日本－现代 Ⅳ. ①I313.45

中国国家版本馆CIP数据核字(2023)第028016号

著作权合同登记号　图字：30-2023-022

SOS NO SARU by Kotaro Isaka
Copyright © 2009 Kotaro Isaka/CTB
All rights reserved.
Originally published in Japan by CHUOKORON-SHINSHA, INC.
Chinese (in simplified character only) translation rights reserved by Thinkingdom Media Group Ltd under the license granted by Kotaro Isaka arranged through CTB Inc.

SOS之猿

〔日〕伊坂幸太郎 著
高佳欣 译

出　　版	南海出版公司　（0898）66568511
	海口市海秀中路51号星华大厦五楼　　邮编 570206
发　　行	新经典发行有限公司
	电话(010)68423599　邮箱 editor@readinglife.com
经　　销	新华书店
责任编辑	张　锐
特邀编辑	余凌燕　王　雪
装帧设计	李照祥
内文制作	王春雪
印　　刷	河北鹏润印刷有限公司
开　　本	880毫米×1230毫米　1/32
印　　张	8.5
字　　数	196千
版　　次	2023年7月第1版
印　　次	2023年7月第1次印刷
书　　号	ISBN 978-7-5735-0428-9
定　　价	59.00元

版权所有，侵权必究
如有印装质量问题，请发邮件至 zhiliang@readinglife.com